자연이다

김년균 자연시집

자연이다

지구문학

| 시인의 말 |

자연시집을 만들며

시골에 내려가 십 년쯤 살았다. 그때 얻은 작품들이다.

'자연' 은 우리의 모든 것이라고 할 만큼 매우 중요하다.

인간의 손으로 만든 잡다하고 수다스러운 '문명' 말고는 모두 자연 아니랴 싶으니, 생각할수록 거룩하고 위대하다.

한때 컴퓨터가 해킹당하여 원고를 몽땅 잃어버렸으나 노트북에 옮겨놓은 게 있어 다행히 건져낼 수 있었다. 거기에 코로나라는 역병이 닥쳐와 아직도 세상을 괴롭힌다. 누구나 살기 힘든 세상이었고, 내게도 답답한 세월이었다.

"이 또한 지나가리라."

요즘은 솔로몬의 지혜를 떠올리며 스스로 위로한다.

잠시의 슬픔은 있어도 영원한 슬픔은 없으리라고 나는 믿는다. 세월이 앞장선 까닭이다.

원고가 넘쳤다. 남은 작품은 다음에 묶기로 한다.

시집을 펴내 준 지구문학사 김시원 선생님께 감사드린다.

2021년 가을에

김년균

차례

1.

(2021～2020)

2.

(2021～2020)

3.

(2018)

4.

(2017)

차례

5.

(2016)

6.

(2014~2013)

7. 시인의 산문

(2021~2020)

1

(2021～2020)

자스민

언덕 위 성당처럼 고요하다.
세월 깊은 담장 사이로
어둠을 쫓는 빛이 은은히 흐르고,

자그만 체구에 아담한 잎사귀,
사심 없는 가지에 송송 돋은
보랏빛 그윽한 꽃잎,
오로지 정겹고 평화롭다.

아침에 일어나 마주치면
진한 향기만 내뿜더니,
무엇이 서러운가?
며칠을 못 참고 늙어버린다.

젊어서 먼저 간 우리 누님,
행여 소식 올지 몰라
온종일 문밖을 서성댄다.

*2020. 5. 10. *지구문학 2020 겨울호.

참새

햇볕 잔잔한 창밖의 정원에서
참새가 부리로 방아를 찧으며 놀고 있다.
사는 일이 얼마나 즐거운지,
갈퀴 같은 두 발로 트로트 춤을 춘다.

몸은 주먹보다 작아도 마음은 어느덧 바다인지
천 리에 뻗친 외로움은 내색하지 않고,
남은 시간 펼쳐놓고 하늘을 올려다보며
어제에 못다 버린 습관을 연습한다.

사람의 눈엔 보이지 않아도
참새의 눈엔 환히 보이는 세간의 내력,
삶의 부서진 파편들을 해종일 쪼아댄다.

참새가 찾아온 날은
해묵은 근심들도 말끔히 사라진다.

*2017. 7. 16. *아동문학세상 2017 가을호.

고사리

고사리 꺾어다 조상님께 올렸다.
남은 건 말렸다가 찌개 속에 넣었다.
아랫집 주인이 눈치채고 기웃거리더니
산속을 헤매며 고사리를 꺾어다 마당가에 말리고,
더러는 뿌리조차 캐어다 텃밭에 길렀다,
눈 내린 어느 날, 마을 구석에 식당 문을 열었다.

고사리는 명물이다.
식이섬유 단백질 석회질 철분 등 다양한 성분 덕분에
피와 머리가 맑아지고 뼈조차 튼튼해진다고 하는데,
그래서일까, 귀한 음식에 쓸모가 많다.
고사리나물, 고사리부침, 빈대떡도 중요하지만
비빔밥이나 육개장에는 절대로 빠질 수 없다.

고사리는 오묘하다.
맛도 좋지만, 꼬불꼬불 탱탱한 줄기가 혀끝에 놀며
쫄깃쫄깃 씹힐 때마다 야릇한 흥을 돋운다.
짜릿한 술잔에 얼큰한 육개장이 그리울 때면

마을 사람들은 기별 없이 식당에 모여들고,
고사리를 씹으며 첩첩이 쌓인 피로를 푼다.

*2021. 6. 26. *지구문학 2021 가을호.

미나리

어릴 적, 시골 마을 우물터에 미나리꽝이 있었지.
아침저녁 엄마가 우물터에서 빨래하면 그곳엔 구정물이 넘치고
미나리는 그래도 불평 없이 무럭무럭 자랐지.
봄이 지나고 한여름 칠성 날이 다가와
마을 사람들이 모여서 우물터를 청소할 때,
미나리꽝도 씻어내려고 미나리를 베어서 길가에 눕혀놓으면
사람들은 더러워서 바라보지도 않았지.
미나리를 몰랐던 게지.

세월이 흐르고, 나도 덩달아 자라서
대처에 올라온 뒤에야 미나리를 알았지.
키 크고 잘난 사람 밥상에 미나리가 빠지지 않는 게 신기했지.
어느 날, 약방을 차린 친구를 만났을 때 미나리가 생각나서
물었지.
미나리는 물을 맑게 정화하고 인체의 건강을 돕는 성분으
로 가득하다며
멀쩡한 친구가 별안간 미치는 거야.
"고혈압, 동맥경화, 간, 눈, 변비, 황달, 빈혈, 해독,"

병명까지 달달 외며, 몸에 안 좋은 곳이 없다고 했지.

그런 줄 알았다면 미나리를 많이 먹어둘 텐데.
시골 미나리꽝의 미나리를 무시하던 생각이 떠올라서
아픈 몸뚱이를 뒤채며 한동안 깊은 잠도 못 잤지.

*2021.8. 31. *지구문학 2021 겨울호.

이름 없는 꽃

막막한 세상에 와서
시(詩) 한 수(首) 배운다.

아무도 찾지 않는 산기슭 가파른 곳에
웅크리고 앉아서 서툴게 쓴 내 시가
화가의 그림보다 아름답다.

이름 없는 그 꽃을 분주히 찾아들며
눈치 빠른 벌 나비들이 살며시 눈짓한다.
허영 속에 살아도 숨결은 정연하다.

하늘로 돌아가면 시를 쓰리라.
천상의 길마다 첩첩이 향기가 피어올라
천사들이 덩실덩실 춤추게 하리라.

사람아, 세상살이 지쳐서 손 놓고 돌아설 때
행여 내가 그립거든,
하늘 문 앞에서 시인(詩人)을 찾으시라,

이승의 산기슭에 떠돌던 이름 없는 꽃이
어느덧 천상(天上)을 다스리는 재상(宰相)이 되어
너희를 반갑게 맞아주리라.

*2014. 8. 20. *국보문학 2018 4월호.

산시, 들시

1. 산새

산새는 산밖에 모른다.

새는 오직 산만이 그리워
그곳을 떠나지 못하고,

산바람 살랑살랑 불어대는
산마루나 바위에 걸터앉아

세상에서 슬픈 일 들려오면
온종일 서럽게 울고,

기쁜 일 들려오면
아랫마을 모퉁이까지 울리도록
껄껄대며 웃는다.

소쩍새야, 부엉새야,

너도 그랬지?

2. 들새

들에서 사는 새는 발이 길다.
발이 날개보다 길다.

그래야 아버지의 뒤를 따를 수 있지.
아버지는 마을 농부의 길을 따르고
농부는 세월의 장벽을 넘을 수 있지.

그래야 넓고 넓은 들에서
꿋꿋이 살아갈 수 있지.

들새는 세월이 가도 늙지 않는다.

3. 산길

산에는 길이 없다.
가는 길은 길이 아니다.

지나고 나면
흔적도 없어지려니,

여우처럼 둔갑하는 습성을
용케도 배웠구나.

산에는 요술방망이를 든
귀신들이 모여 산다.

4. 들길

아침부터 대문을 활짝 연다.
보이는 곳마다 길이다.

아름다운 길이다.

풍요로운 길이다.

청운의 꿈을 품은 길손아,
이 길로 오라.

이보다 너른 길은 없으리.

5. 산꽃

바위 아래나 나무 숲속에 숨어서
오롯이 꽃을 피운다.

무슨 잘못 있어 감추고 싶은 게 아니라
우뚝 선 산과 창망한 하늘이 두려워서

한갓진 곳에 꽃무리 짓고
오롯이 모여 산다.

제가끔 뽐내며 산다.

6. 들꽃

아무렇게나 사는 이들,
들녘에 널려 있다.

이름 없이 살아도 즐거운 이들,
여기 다 모였다.

자유롭구나. 평화롭구나.
시샘하는 바람도 물러섰구나.

장담하노니,
대대손손 무궁하리라.

*2018. 5. 11. *지구문학 2020 가을호.

산들바람

산들바람 분다.
나는 보이지 않아도 너는 보이는 곳에서
산들산들 손 흔들며
오늘도 우리 누이, 안부 전한다.

흐린 날이나 저문 날이면
더욱 잊지 못하고,
내 마음 슬픈 곳에 살며시 찾아와
상처를 어루만져주고, 혹은
옆구리를 간지럽히며 위로한다.

젊어서 하늘 간 우리 누이,
끝없이 먼 길 지치지도 않은지
눈만 뜨면 어느덧 다가와
문밖에서 기다린다.

*2021. 1. 14. *지구문학 2021 가을호.

산꽃

산꽃은 산바람이 전한다.

깊은 산 능선 넘어
아슬한 계곡에 숨어 있는
시원한 바람,

바람은 하루도 쉬지 않고
새벽마다 마을에 내려와
가쁜 숨 몰아쉬며 꽃소식 전한다.

산꽃은 다르다.
꽃잎마다 산 기운 어리어
향기가 만 리를 적신다.

*2018. 7. 2. *국보문학 2018 8월호.

산길

숲속 오솔길을 걷는다.
아무리 가도 멀지 않다.

아내는 산 너머 마실 나가고,
아들은 강 건너 일터로 가고,

문밖엔 하릴없이 떠도는 세월,
돌아보면 흔적 없이 사라지고,

속절없이 피고 지는 허망한 꽃들,
가파른 계곡마다 지쳐 누운 바람.

산기슭 숲속에서 소쩍새 울고,
산 너머 능선에서 늑대가 운다.

*2021. 5. 20. *한글문학 2021 가을겨울호.

소나무

옛날엔 배고파 우는 이들 많았다.
세월이 흘러도 다르지 않았다.
짧은 해는 저녁에도 지지 않고
처마 끝에 머물며 뜬눈으로 지새웠다.

한 많은 보릿고개 언제나 넘나?
빼앗긴 조국은 언제나 돌아오나?

나라를 훔친 자들의 총칼이 몸에 스쳐도
때 아닌 전쟁의 폭탄이 발 앞에 떨어져도
죽일 테면 죽이라고, 꿋꿋이 버티며
긴 세월 제 자리만 지켜왔느니,

산에 가면 그런 나무 있다.
반가워라, 고마워라,
찾아온 사람조차 모른 체하며
오직 하늘만 바라본다.

강철보다 굳세고 바위보다 튼튼한
너를 감히 무엇에 비하랴.
산마루 돌밭에 갇혀 천년을 묵어도
지칠 줄 모르는구나.

네가 자랑스러워 기록하노니,
본받고 싶거든 누구든 손들어다오.

*2020. 6. 2. *지구문학 2020 겨울호.

엉겅퀴꽃

봄이면 산속에 숨어 있는 엉겅퀴,
어여쁜 자줏빛 꽃망울,
화사한 꽃술에 담긴 끈적거리는 점액질이
지나는 사람의 옷깃을 잡는다.

그래서인가, 이 꽃도 장미처럼
잎사귀에 가시가 돋쳐
아무나 함부로 다가서지 못한다.

간(肝)에 유독 좋다고 했다.
간세포를 보호하는 실리마린 성분이 많아
서양에선 2천 년 전부터 약초로 써왔다는데
나는 여태 몰랐다.

언젠가, 내가 아파서 누워 있을 때
병문안 온 친구가 알려주었다.
산에 가서 엉겅퀴를 잘라다 깨끗이 씻어
작두에 송송 썰어서 말려두었다가

때때로 한 움큼씩 끓여 먹으라 했다.

친구의 말을 따랐더니,
과연 신통했다.

*2021. 7. 7. *지구문학 2021 가을호.

산에 와서

누가 와서 날 찾거든 집에 없다고 전해 달라. 누가 와서 다시 찾거든 산에 있다고 전해 달라. 산에 와서 나는 어느덧 산이 되어, 나무와 꽃과 새와 짐승과 바람과 더불어 세월 가는 줄 모른다고 전해 달라. 누가 다음에 또 와서 날 찾거든 산이 아니면 만날 수 없다고 전해 달라. 그래도 찾거든 산에 오르라고 전해 달라. 산에서 날 만나지 못하더라도 산이 맞이할 테니, 걱정 말라고 전해 달라. 그리하여 산에서 한 식경만 지나고 나면 당신도 산에 마음을 내려놓고, 집을 비우리라 전해 달라. 아무리 붙잡아도 소용없이, 새벽마다 배낭 메고 산에 오를 것이라 전해 달라. 산은 하늘의 세상, 오로지 바르고 정직하다. 산은 천년만년이 지나도 변하지 않으므로, 산 같지 못한 자는 산의 친구가 될 수 없다. 산이 만약 당신의 친구가 된다면 당신이 곧 산일지니, 안심하라고 전해 달라.

산은 하늘의 공원, 만물이 소생하는 터전.
산에서 날으는 새는 하늘서 나는 봉새요
산에서 부는 바람은 하늘의 경전이 아니랴.

그런즉 산을 아끼고 공경할 일이다.
산은 언제나 우뚝 솟아 우리를 기다리느니.
세상에서 이보다 중한 곳은 없으리라.

*2013. 8. 30. *문학사계 2014 겨울호.

봄비

봄이 오고 빈 뜰에 꽃이 피자 비가 내린다.
개나리, 진달래, 철쭉, 목련, 벚꽃,
흐드러진 꽃잎들이 밤새 무슨 변을 당했는지
홀연히 문밖에 떨어져 눕고,
비는 모른 척하며 뒷짐 지고 돌아선다.

도둑이다, 사기꾼이다,
누군가 귓전에 속삭인다.

세월에 쫓겨 요양원에 드신 부모님,
엉뚱한 천둥 번개의 심술에 걸려
세상 구경도 다 못하고 먼저 간 친구,
그래도 비는 그들을 위로하듯
온종일 처마 밑에 숨어서 눈물 훔친다.

비가 메마른 땅을 촉촉이 적시자
살아남은 자들은 논밭에 나가 씨를 뿌린다.
어제는 가고 오늘은 온다.

*2021. 4. 13. *지구문학 2021 겨울호.

바람의 노래

세상 구석 안 간 곳 없이 떠돌더니,
오늘은 무엇을 보았느냐?

어느 길엔 힘겨운 사람이 비틀거리고,
어느 집 처마 밑엔 걱정이 용솟음치고,

산 너머 첩첩이 쌓이는 어둠,
강 건너 무심히 흐르는 세월,

어느 누가 짐작이나 하랴.
동구 밖 호수에 넘치는 눈물.

보이지 않는 몸엔 한숨만이 들끓나니,
어느새 천년이 지났구나.

*2021. 5. 20. *지구문학 2021 가을호.

길의 자연

무심코 지나칠 일이 아니다.
길은 눈만 뜨면 열리는 자연의 통로.
어디로 갈까, 산길, 들길, 혹은 마을길,
하고많은 길들이 문밖에서 기다린다.

산머리에 뻗친 산길은 유달리 화려하다.
지름길이 깊어도 어디나 꽃 피고 새 운다.
밤이면 별들이 내려와 숨바꼭질한다.

논밭에 널린 들길은 언제나 평화롭다.
먹을 것 입을 것 흔연히 널려 있다.
아버지가 한평생 믿었던 정겨운 길이다.

사람들이 모이는 마을 길은 끝이 없다.
비좁은 곳에서 다리 걸고 싸우고 넘어지고
상시 소란을 떨지만, 돌아서면 금세 잠잠하다.

자연은 항상 길을 여는 꿈에 부풀어 있다.

보이지 않는 곳에 숨은 행운의 열쇠를 찾으려고
오로지 내가 가고 네가 오는 길이기에
한시도 주저 없이 문이 열려 있느니.
누구든 늙어서 길 밖으로 물러설 때까지.

*2020. 12. 16. *착각의 시학 2021 봄호.

하늘은

하늘은 오늘도 힘든가 보다.
주위에 떠도는 구름을 보면 안다.

어둠에 빠진 세상은 빛을 찾지 못하고,
날이면 날마다 비 오고 바람 불고,
세월은 속절없이 흘러가고,
꽃들은 홀연히 피었다 진다.

해묵은 거리엔 살다 지친 사람들이
아직도 시커먼 먼지 속에 파묻혀
절뚝거리며 몰려다니고,

천지간에 늘어선 만물들을
어찌 다 감당하시려는지,
해 저문 날 불타는 노을 속에
하느님의 힘겨운 모습이 비친다.

그게 안타까워서일까?

산에선 새들이 구슬피 울고
들에선 풀벌레가 몸서리친다.

*2021. 7. 1. *지구문학 2021 가을호.

낙화

하늘과 무슨 인연 있기에
세상 기슭에 내려와
차갑고 먼 길,
줄기찬 비바람 맞고 있다.

하늘 밖으로 해와 달은 빙빙 돌고,
허공에 줄줄이 떠올라 곡예를 하는
신기한 별들,
땅에서도 그만큼 솟은 사람을 그리며,
꽃으로 보답하고자
향기도 전하고자
밤새워 마음을 닦았으나

아무 소용 없고,
남은 길 중턱도 못 오른 채
주저앉고 마느니,
저들의 광대도 못 되었구나.

뒤에서 기다리는 이에게
깊은 상처만 남겼구나.

*2021. 4. 3. *한글문학 2021 가을겨울호.

꽃은 모른다

꽃은 모른다.
세월이 오가면 피고 질 뿐
꽃은 저 자신을 모른다.

겨우내 깡깡 언 대지를 뚫고
봄이 새롭게 다가오면
꽃은 잊었던 기억을 돌이키고
꽃잎을 활짝 트며
따스한 햇살에 몸을 기댄다.

사람들이 신기하여 모여들면
무심코 향기를 내뿜고
그 향기가 천 리 밖에 날리면
벌 나비가 영문도 모른 채 날아든다.

꽃은 어리둥절할 뿐
그래도 까닭을 알지 못한다.
제가 얼마나 아름답고

얼마나 향기가 그윽한지
짐작조차 못 한다.

벌 나비도 모른다.
다만 그가 궁금하여 한잠도 못 자고
새벽길 나서는 나그네나 이를 지켜보는
하늘만이 꽃을 알고 벌 나비를 안다.

*2020. 5. 29. *지구문학 2021 겨울호.

날파리

하루살이라고 한다.
몸은 없고 날개만 날아다니는 꼴이
우스꽝스러워 차마 못 보겠다.

어디서 났는지,
깊은 늪이나 사람 발길 없는 외진 곳에 숨었다가
남의 집 문틈이나 허름한 방충망 뚫고 들어와
맛 좋은 부엌을 빙빙 돌며 작전을 펼친다.
하루밖에 못 살기에 남은 시간이 없어
조급할 듯하지만, 되레 여유롭다.

생명이란 어느 것이든 귀중하기에
창조주 뜻을 헤아리며
행여 너를 받들려는 이가 있어도
그조차 마음이 깊어지면
무슨 영화를 누리려고 태어났을까 하고
의구심을 품는다.

이승의 하루가 내세엔 백 년보다 길다고
뉘한테 들었을까?
너는 어느덧 내세를 기웃거리고 있다.

*2021. 7. 21. *지구문학 2021 겨울호.

가을 소식

– 만추에

때가 되면 알리라.
산은 산대로 나무는 나무대로
모두 일손을 놓고
어디론가 떠날 채비를 한다.

그동안 얼마나 어려웠을까?
얼마나 힘들었을까?
아무리 물어도 대답이 없다.

조상 대대로 이어온 핏줄 따라
오색 빛으로 자랑스럽게 떠오르다가
이슥고 가진 것 다 빼앗기고,
떨어진 잎조차 붙들면 금방 스러질 듯
메말라 버리면

이토록 가련한 신세 되어
보따리 싸 들고 문밖을 나서며
저문 하늘을 올려다본다.

남은 게 없구나.
세월도 바람도 떠나고,
정든 친구들도 떠나고.

*2020. 11. 10. *푸른문학 2021 가을호.

방학천에서

개천 길을 산책한다.
북한산 기슭에서 숨어 내린 물결이 평화롭다.
주민의 편의를 위해 양편으로 갈라놓은 둑길이
몰려든 사람들의 발길로 번지르르하다.
발목이나 적실 만큼 가냘픈 물길 속으로
송사리 떼가 숨어서 아슬아슬하게 몰려다닌다.
그들을 잡으려고 날아온 청둥오리와 백로가
여기저기서 눈을 부라리며 지켜본다.
오늘은 얼마나 잡아먹을까?
사람들은 길을 멈추고 저들을 바라본다.
백로는 목을 길게 쳐들며 우아함을 자랑하고
청둥오리는 화려한 옷차림으로 상대의 눈을 홀린다.
사람들은 어느새 현혹되어 송사리는 무시하고
백로나 청둥오리 편에 서서 응원한다.
그러면 송사리는 무엇이 되는가?
그들은 왜 예까지 몰려와서 수난 당하는지,
이리저리 쫓겨 다니는 모습이 안타깝기 그지없다.
이런 게 세상살이라면 무심히 지나칠 수 없다.

사람들아, 당신은 오늘도 무사한가?
개천 길 아슬한 곳에서 안부를 묻는다.

*2021. 5. 30. *지구문학 2021 가을호.

봄빛

강 건너 꽃밭에 왔다고 한다.
나비처럼 날아서 왔다고 한다.

비단 장사 왕서방의 고운 옷 입고
가슴에 무지갯빛 화려한 꿈을 품고

한세상 높이 떠서 살아보리라,
하늘같이 맑은 빛 뿜어보리라,

뒷동산에 올라 골백번 외쳤지만
온종일 홀로이 목메었지만

한시도 더 있지 못한다고 한다.
성질 급한 놈들이 몰려든다고 한다.

보라, 시간은 언제나 화살 끝에 날고
사람은 구름 따라 흘러가느니.

*2018. 3. 19. *지구문학 2018 가을호.

2

(2021～2020)

아침

어제 저녁노을은 아름다웠다.
불타는 꽃들이 황홀했다.
내일을 맡기고 떠나는 마지막 인사였을까.

한 번 가면 다시 못 올 무정한 세월,
하늘의 엄한 법도를 따르며
날이면 날마다 옷 갈아입고 신 갈아신고
새 얼굴로 와서 잠시 머물다 가는 손님.

아버지 출근하고, 어머니 청소하고,
아이들 등교하고, 할머니 할아버지
마실 나가는 시간,

철 따라 장단 맞춰 바람 불고
어디서나 꽃 피고 새 울고,
봄에는 분 바르고 여름엔 우산 쓰고
가을엔 옷 낙엽 되고 겨울엔 눈사람 되어
모두들 길에 나서지만,

누구나 잠깐,
금세 왔다 사라지는
순간이려니,

아침은 하루를 시작하는 시간의 마디,
앉았다 일어서는 자리일 뿐,
더는 욕심부리지 못한다.

*2021. 6. 26. *지구문학 2021 겨울호.

안개꽃

세월 떠난 길에서 안개꽃 핀다.
모이면 모일수록 부풀어 오르는 세상
문밖의 뒤안길에서 허망한 꿈 부푼다.

작은 무리가 모이면 나비가 되고,
큰 무리, 더 큰 무리가 모이면 놀라워라,
산새, 들새가 되어 하늘을 뒤덮는다.

눈감으면 새하얀 구름만이 뭉실뭉실 드리운
신비한 세상이 보인다.
천사들이 손뼉 치며 모여든다.

행여 몸이 작다고 불평하지 마라.
모래알도 모여서 바다를 열지 않았느냐.
오직 흩어지지 말고 모여라, 뭉치면 산다.
분별 있는 사람마다 큰소리로 부추기지만,

아무도 따르지 않는다. 꿈은 벌써 사라지고,

이웃집 친구도 갈 길 찾아 떠나고 흩어진 채
외로이 꽃집에 들어선다. 남의 손에서 춤추는
광대가 되려고, 혹은 심부름꾼이 되려고.

낯선 새가 마을을 휘돌며 운다.
억울하고 분하다고 밤새껏 울부짖다가
안개꽃 지고 나면 자취를 감춘다.

*2020. 11. 17. *지구문학 2021 봄호.

늘 푸른 나무

늘 푸른 나무가 우거진 곳에는
언제나 바다가 열린다.
늘 푸른 나무들이 바람을 타고
나뭇가지를 흔들며 파도를 탄다.
바람이 센 날은 큰 너울이 되어
산을 휘젓고 능선을 넘는다.

짧고도 긴 세월,
봄 여름이 가고 가을 끝에 이르면
어느덧 지친 이웃의 나무들은
집 떠날 채비를 하며
울긋불긋 나들이옷으로 갈아입고
길을 나서지만,

그래도 늘 푸른 나무는
꿋꿋이 제 자리를 지키며
내일을 기다린다.

*2020. 11. 30. *지구문학 2021 봄호.

나무의 성정

가을이 지나 보면 나무의 성정을 안다.
한갓진 길에 찬 바람 불고 무서리 내리면
떨어지는 나뭇잎에 마음이 오롯이 젖는다.

혹은 젊어서 혈기 왕성한 사람처럼 빨갛고,
혹은 마음이 올곧은 사람처럼 황금빛 나고,
혹은 뒤통수 맞아 억울한 사람처럼 검붉고,
혹은 넋나간 사람처럼 얼굴이 하얗게 질려서
나뭇잎은 허둥지둥 땅바닥을 헤맨다.

가을이 가고 입동의 문에 들어서면
문밖에 펄럭이는 눈발 사이로
벌거벗은 나무들이 벌벌 떨며 서 있고,
길 잃은 잎들은 허둥지둥 허공만 헤매다가
할 수 없이 세상 밖으로 발길 돌린다.

소나무 잣나무 전나무 구상나무 향나무,
늘 푸른 나무들이 뒤에 서서
슬픈 눈으로 하늘을 내다본다.

*2020. 11. 24.
*한글문학 2021 가을겨울호.

해

해가 귀중한 줄 알지만, 태생을 알기는 쉽지 않다.
천체물리학자들은 우주의 나이가 137억 살이고
해는 50억 살, 지구는 45억 살이라고 하니,
말만 들어도 귀신에 홀린 듯이 머리가 핑 돌지만,
평생을 하늘만 보며 연구한 학자들의 말씀이라면
못 믿겠다고 돌아설 수도 없다.

나는 오늘도 창가에 나와 해를 본다.
6천 도의 불길을 뿜으며 세상 뜨락을 비추는 해,
거룩하고 찬란하다.
그가 없인 하루도 살 수 없을 게 분명하지만
바쁜 사람들은 고마운 마음조차 품을 겨를이 없다.
조상 대대로 길러온 습관 아니랴.

해는 오늘도 변함없이 우리 곁에 다가와
새벽길을 비추며 희망을 북돋운다.
우리들의 목숨이 끝날 때까지,
지구가 영원히 사라질 때까지.

사람들아, 이제는 해를 알아라.
어둠을 물리치는 무궁한 빛을.
세상을 밝히는 영광의 빛을.

*2020. 12. 26. *지구문학 2021 여름호.

달

외등 하나 묵묵히 하늘가에 떠 있다.
긴 밤이 졸리지도 않은지,
한 발도 물러서지 않고 오직 그 자리서
막막한 어둠길을 은은히 비춘다.

세상 밖으로 떠난 사람,
어머니, 아버지,
함께 놀던 친구들,
다시금 그리워지면
나를 만나려고 창가에 선다.

달아, 너는 알지?
내 곁을 떠난 사람들,
모두 잘 있지?

달은 예전과 달리 계수나무도 없고
세상 길에 수놓던 전설도 사라지고,
하늘 끝에 매달린 채 쓸쓸하지만

그래도 나는 꿈을 잃지 않는다.

달은 내 친구,
내가 외로울 땐 밤새워 지켜주고,
내가 슬플 땐 뒤따르며 위로한다.

*2018. 10. 31. *지구문학 2021 여름호.

구름

하늘가의 구름은 처량하다.
오가는 세월에 부대끼며
몸은 기진맥진해지고,

아직도 못다 버린 꿈은
오롯이 가슴에 남아
남은 길 바라보며 휘날린다.

더는 머물 수 없을 때까지,
텅 빈 하늘만 빙빙 돌며
남은 마음조차 허공에 부려놓고,

무엇을 얻을까, 누굴 만날까,
한사코 갈팡질팡하느니.
귀한 세월만 날려버리는구나.

*2020. 11. 2. *지구문학 2021 봄호.

바다에서

수평선 넘어까지 펄떡이는 고기떼,
평생 그를 찾아 바다만 쫓던 친구는
그곳이 생계터다.

물에서 뜬눈으로 밤새우고,
해뜨기 전에 겨우 집에 돌아와
발 씻고 벌렁 누우면,
방안에 가득 풍기는 비린내,
베갯머리엔 파도가 출렁거린다.

그렇게 보낸 세월이 얼마일까?
고맙고 미안할 따름이다.
남은 세월도 놓치지 않으려고
어깨에 그물을 메고
새벽부터 포구에 나서나니,

바다는 하늘서 내려온 천사처럼
언제나 반가이 맞아준다.

*2021. 5. 3. *푸른문학 2021 가을호.

섬에서

섬은 언제나 바다를 향한다.
육지의 메마른 땅을 의지하며
하늘과 마주하는 산과는 다르다.

섬은 바다의 품에 안긴 채
하늘과 마주할 생각이 없다.
그래서 섬이라 하는가.

섬은 홀로 있어도 외롭지 않다.
물결이 밤낮없이 출렁대며 춤추고
갈매기가 기웃거리며 끼룩끼룩 노래한다.
고래와 상어 같은 첨병들이 둘러서서 기웃거리며
육지의 어선들이 달려올까 경계한다.

남쪽 하늘 아래 다도해에 가면
조약돌 같은 섬들이 모여 큰 마을을 이루고
전설에 남을 무릉도원을 꿈꾼다.

*2020. 5. 29. *푸른문학 2021 가을호.

낙엽

나뭇잎이 이만큼 고운 줄 몰랐다.
산천에 오색 깃발이 휘날렸다.
하나, 찬바람 서린 가을비 한 줄기 스치자
깃발은 어느덧 사라지고
나뭇가지만 덩그렇게 남았다.
어느 사이 동장군이 들어섰다,
감쪽같이 시베리아 거친 바람 앞세우고,
아무렇지도 않은 것처럼.
그래도 참아다오.
한 시절 가고, 또 한 시절이 오면
새로이 잎은 돋고, 꽃도 피려니,
그때까지 어느 따뜻한 모퉁이에 숨어서
빈 가슴 드러내고 휘파람 불어도 좋으리.
사람들아, 염려 마라.
모두가 하늘이 내린 순리려니,
이다음 봄이 오면 다시 만나자.

*2020. 11. 20. *한글문학 2021 겨울호.

자작나무

백발 서린 몸이라 많이 늙으셨군요.
젊어서 나라 잃은 설움에 못 이겨
논밭 팔아 집 떠난 삼촌, 또는 아저씨,

몸 바쳐 기어코 독립을 이루었지만
쫓기고 숨는 설움 다시는 겪지 않으려고,
끝없는 시간의 수레바퀴를 타고
허공만 내다보며 이슥고 눌러앉은 곳,
북유럽 또는 시베리아, 빙하 속에 묻힌
북반구 깊은 곳에 머무시는군요.

길마다 꽁꽁 얼어 발길 끊기고
행여 숨통마저 끊길까 두려워
아무도 기웃거리지 못하는
그곳에 당당히 둥지를 틀고,

고향이 그리워도 돌아보지 않고,
배고프면 허리를 졸라매고

꿋꿋이 사시는군요.

찬바람 사무쳐도 참고 견디며
멀고 먼 타향에서.

*2020. 6. 2. *지구문학 2021 여름호.

억새와 깃발

머리 풀고 울던 때 있었다.
나라를 빼앗겨 갈 곳 없는 백성들,
찬 서리 내린 세상이 두려워 잠 못 들다가
더는 못 참고 거리로 뛰쳐나온
조선의 착하고 어진 백성들,
얼마나 서러운지, 하늘도 알았으리.
태극기 꺼내 들고 독립을 외치던
그들의 함성을, 그날의 깃발을,

고부 뒷동산에 오르면 보인다.
탐관오리가 득실대던 어둠을 몰아내고
푸른 하늘 푸른 땅 되찾으려고
자랑할 무기 없어 죽창을 든 농민들,
일하던 삽과 괭이를 뒷전에 밀쳐두고
허기진 몸 일으키며 새 떼처럼 날아들었나니,
'앉으면 죽산(竹山) 서면 백산(白山)' 이라고 했던가.
민중의 물결이 세상을 덮었구나.

억새는 그때를 잊지 못한다.
세월은 흘러도 바람은 떠나지 않고
머리 곁에 살랑살랑 불며
상시도 잊지 말라고 신신당부하고,
억새는 그날이 그리워서 오늘도 산에 오른다.
산마루에서 해종일 하얀 깃발을 흔들며
지나간 슬픈 역사를 시위한다.

*2020. 10. 15. *푸른문학 2021 가을호.

한라산

어릴 적부터 소문 속에 산다.
하루에 두 번은 오른다는 친구는
아무래도 산신령이다.
사납고 모난 사람이 산길에 나서면
안개가 자욱이 떠서 길을 막는다.
옛적에 흰 사슴이 살았다는 산마루엔
천상의 연못, 이름하여 백록담이 있다.
주위에 불쑥불쑥 솟아난 신기한 기암들,
누가 기웃거릴까 경계하며 비바람 몰아친다.
산속에 숨은 남모를 비밀들은 눈치도 못 채게
산 아래 만장굴에 숨겨두었는가.

산에서 내려와 천지연폭포나 용두암을 찾으면
웬일인가, 사람들 몰려들며 시끄럽게 떠들어도
하늘은 산과는 차별하며 눈감아준다.

한라산!
아무리 바쁜 세월에 쫓기더라도

한 번은 용감하게 올라 볼 일이다.
소식만 듣고 말면
가슴에 닥지닥지 흉터만 남는다.

*2020. 10. 18. *지구문학 2021 여름호.

설악산

산이 맑다고 그랬나.
산이 깊다고 그랬나.
산신령이 보인다고 그랬나.
산을 이를 땐 설악(雪嶽)을 앞세운다.
그곳에 오르면 마음이 깨끗해진다고 한다.
산 위로 우뚝 선 대청봉,
산 아래 뻗쳐간 한계령, 마등령,
굽이친 산길 따라 배낭 멘 사람들이
하루도 빠지지 않고 줄을 잇고,
그들은 산마루 어디쯤에서 묵은 짐을 푼다.
버려야 할 것은 버리는 게 마땅하다.
슬픈 일이여, 힘겨운 시간이여, 잘 가라,
잘 가라고 미련 없이 손 흔든다.
산기슭마다 숨죽이며 지켜보고 서 있는
조팝나무, 눈잣나무, 찌나방나무, 눈향나무,
그 귀한 나무들이 눈치채고 넌지시 웃는다.
크낙새, 딱따구리도 부리를 쪼아대며 웃는다.
가을이면 대청봉에 맨 먼저 찾아온 단풍이

오색 빛을 머금고 오롯이 산마루를 덮는다.
찬 서리에 쫓겨 밤늦게 고찰에 내려오면
그때마다 반가이 맞아주던 노스님,
어디 갔을까? 보이지 않는다.

*2021. 5. 8. *지구문학 2021 가을호.

속리산

– 산은 속세를 떠나지 않지만 속세는 산을 떠난다(山非離俗 俗離山); 최치원

고3 때, 속리산으로 수학여행을 했다.
집을 비우고, 교복을 벗고, 몸속의 허영을 내쫓고
속세를 떠나는 시범 여행에 나섰다.
우주 밖으로 나들이하는 것처럼 가슴 설레며
새 옷 갈아입고, 멋진 운동화 신고, 날씬한 배낭 메고.
보은에 이르러 뱀처럼 꼬불꼬불한 말티고개를 넘을 땐
하늘나라로 가는 구름을 탔다고 생각했다.
소문난 정이품 나무는 천년을 살아도 여전하고,
법주사 마당에 들어서자 청동대불이 손 흔들며 반갑게 맞아준다.
속세를 떠나는 일은 쉽고 순조로웠다.
절방에서 하룻밤 묵고, 새벽에 일어나 등산을 서둘렀다.
속리산은 '8경' 일 뿐만 아니라 '제2금강' 으로도 불리우듯
산세가 오묘하고, 바위와 나무들이 한 폭의 그림 같다.
산골의 계곡으로 유유히 흐르는 물이 샘물처럼 맑다.
문장대, 문수봉, 청법대, 신선대, 입석대, 비로봉, 천황봉,
구름 속에 묻힌 봉우리들이 조화를 이루며 비경을 연출한다.
때마침 가을이다. 울긋불긋 단풍 든 모습이 더없이 황홀하다.

등산객들은 바위들을 줄지어 오르며 저마다 꿈에 부푼다.
더러는 제 꿈을 자랑하며 산에다 맹세한다. 얏호! 얏호!
산에서 내려올 땐 약수터에서 갈증을 풀고 마음을 가라앉힌다.
절에 이르러 대웅전에서 부처님께 공손히 절을 올리고 나자
벌써 속세로 되돌아왔음을 깨닫는다. 다시 속세로구나.
부처님이 나를 알아보고 소원을 물었다.
그때 무엇이라고 대답했던가?
질펀한 세월의 뒷길에 머물다 기억마저 놓쳐버렸다.
그래도 속리산, 그 산만은 잠시도 잊은 적 없나니,
언제 다시 만나보나, 또다시 속세를 떠나보나.
조급한 마음이 머리맡에 둥둥 떠돈다.

*2021. 5. 12. *지구문학 2021 가을호.

내장산

북쪽에 서리가 내린다는 소식 들리면
내장산은 제 몸에 불을 지피기 시작한다.
이웃의 백암산에 구경 온 사람들도
어느덧 눈치채고
발길 돌려 산 너머로 능선을 탄다.

놀라워라,
내장산은 황홀한 꽃밭이다.
빨강, 노랑, 하양, 분홍, 보라,
그리고 저건 무슨 색깔일까?
나무마다 오묘한 빛깔로 채색하고,
산밑에서 산봉우리까지
산자락이 온통 불꽃놀이를 한다.

여름의 긴 시간이 지나고, 서리가 내리는
가을이 오면 내장산을 찾아볼 일이다.
세파에 시달려 제아무리 마음이 시려와도
이곳에 한 발만 들여놓으면

제 몸에 불이 활활 타오를지니,
이제는 세상살이 부질없지 않으리라.

*2021. 5. 17. *지구문학 2021 가을호.

모악산

스무 살 때던가, 고향길의 모악산에 올랐다.
햇살이 고운 봄이었다.
미륵불로 유명한 금산사 높은 절의 뒷길 따라
얼마나 걸었을까?
해발 5백여 미터 안팎이라 멀지는 않지만
그래도 한나절은 걸렸다.
노령산맥 정기 따라 산세가 잔잔하고 아늑했다.
골목길처럼 굽은 능선길과 바윗길을 지나고
곳곳에서 반기는 느티나무, 산갈나무, 화려한 철쭉꽃
그들과 정담을 나누며 가파른 산길을 오르자
슬며시 정상이 나타났다.
북으로 완산과 전주의 시가지가 울창해 보이고
서편으로 광활한 금만평야가 드넓게 펼쳐진다.
가을이면 황금빛으로 수놓은 벼밭이 황홀한데
봄여름은 하늘과 맞닿는 벌판 끝에 지평선이 열린다.
호남 제일의 평야가 자랑스럽구나.
지나던 바람이 알아보고 귀밑을 간지럽힌다.
고맙다. 다시 오마.

다짐하고 돌아서려니, 그냥 떠나기 섭섭하여
주머니 속 반지를 찾아 산머리에 묻는다.
지금도 잘 있을까?
그간 세월이 얼마인데, 여태 못 가고
머리만 희어 버렸구나.

*2021. 7. 23. *한글문학 2021 가을겨울호.

은봉산

양주 백석의 은봉산에 가면
산속에 길이 숨어 있어,
산이 곧 길이다.

해발 4백70여 미터의 아담한 키로 자라서
산에 오르기에 그다지 힘들지 않다.
산길에 나서면 나무와 새와 풀과 꽃과 짐승과
땅속에 묻힌 벌레들까지도 반가이 맞아주니,
모두가 한 가족 같다.
초입의 약수터에서 갈증을 풀고
동서남북 어디든 발을 내밀면
산은 밤나무숲을 헤쳐 새길을 내주며
남은 걱정을 내려놓으라 한다.

산머리의 한강봉에 오르면 사방이 눈앞에 몰려든다.
위로는 도봉산이 멀리서 손 흔들며 응원하고
아래론 햇살에 묻힌 한강이 춤추며 넘실댄다.
뒤로는 불곡산이 발돋움하며 바람을 막아주고

앞으론 지척인 듯 임진각이 내다보이는 평야, 철마는 달리
고 싶다.
남겨진 흉터가 애처로워 한걸음 물러서며 내려다보면
세월 깊은 벌판으로 옹기종기 모인 마을마다
농부들이 밖에 나와 논밭을 갈고 씨앗을 뿌린다.

보라, 이 그윽한 풍경이
천상에 온 듯 평화롭구나.

*2013. 9. 3. *양주문학 2020. 11. 제18호.

산중 바위

집채 같은 바위가 산중에 숨어 있다.
갈 길이 남은 듯이 웅크리고 있다.

애초엔 금강산으로 날던 중이었는데
중도에서 떨어져 버렸다고 한다.
힘에 부쳤을까? 철조망에 막혔을까?
무슨 사연이 있을 게 분명하다.

바위는 아직도 숨결이 멎지 않고 씩씩거린다.
금강산 비로봉에 들어앉기 전엔
눈 감지 않으리라 작심한 것인가.

그 속에 삼손이 있나, 항우가 있나,
왜 그리도 담대한가.

그래도 바위에 올라 장난질이나 칠 뿐
궁금한 사람은 없다.

어릴 때 산에서 만난 그 바위,
아직도 남아 있을까?

*2021. 5. 17. *지구문학 2021 가을호.

발바닥 공원

새벽을 밟는 발소리에 잠 깨어 일어난다.
어제 일터에서 다친 어깨, 무릎, 손발,
다시금 옥돌처럼 단단해지려는 욕심에
운동복 차려입고 서둘러 공원에 나선다.

공원은 벌써 사람들의 발길이 줄을 잇고
철 따라 꽃 피는 나무들이 아직도 알몸인 채
부러운 얼굴로 말없이 뒤따르며 응원한다.

사는 것이 얼마나 시리고 아픈 줄 알기에
남보다 먼저 일어서려고, 하루도 쉬지 않고
바쁜 일 밀쳐두고 걷는다. 발바닥이 닳도록.

하늘이 준 목숨인데 소홀하면 되는가.
자신을 위해 걸어라! 맨발로 걸어라!
돌멩이를 밟아라! 진흙 속에 빠져라!
그것만이 살길인 양 누구든 큰소리친다.

봄이 오면 꽃들이 어느덧 마을을 덮고,
하늘이 남몰래 산에서 들에서 불러온
순한 바람이 연못가에 이르러 몸을 낮추며
소꿉놀이에 빠진 아이들의 손을 간지럽힌다.

북한산 아래 아늑한 곳의 공원에 들면
시베리아에서 온 고추바람도 꼼짝 못하고
한 귀퉁이에 숨었다가 살며시 돌아선다.

*2021. 1. 1. *지구문학 2021 봄호.

불곡산

서울의 명산 도봉산을 넘어 양주에 이르면
문명이 발달한 광활한 벌판 위로 우뚝 솟은
산이 보인다. 양주의 진산(鎭山)이라던 불곡산이다,
그 산에 무슨 비밀이 숨어 있을까?
세월이 가도 사람들의 발길은 줄지 않는다.
몸집 큰 장정의 어깨처럼 튼튼한 능선을 따라
산을 오르면 가파른 언덕 아래로 자라난 나무들이
저마다 힘자랑을 하며 어깨를 흔든다.
산기슭 바람과 물이 흐르는 계곡 사이로
아직도 잊히지 않은 전설들이 묵묵히 흘러간다.
배고파 굶어 죽던 시절 담장으로 쌀자루를 넘겨주던
임꺽정의 그림자가 어깨에 쌀자루 메고
아직도 골짜기에서 휘파람 불며 서 있고,
고달픈 백성들의 마음을 어루만지고 위로해 주던
김삿갓의 낭랑한 시어들이 잔잔한 노래가 되어
철 맞은 과일처럼 나뭇가지에 둥둥 매달려 있다.
바른 세상을 꿈꾸며 산속에 숨어 살던 선비들의 숨결이
소리 없이 다가와 귓전을 간지럽힌다.

불곡산에 오르면 산바람 잔잔한 산봉우리로
상봉, 상투봉, 임꺽정봉이 나란히 솟아 있고,
기암절벽의 능선 아래 구석진 언덕에는
동물의 모습으로 변신한 야릇한 바위들이
제 곁에 보이지 않은 봇짐을 풀어놓고
한가롭게 앉아 누군가를 기다린다.
밤이면 별과 함께 내려와 노는 신의 장난감일까?
그래도 사람들은 임꺽정봉이 으뜸이다.
그곳에 오르면 저마다 맺힌 마음을 풀며 당부한다.
의인이여, 돌아오라! 정의여, 일어서라! 얏호!
하지만 흘러간 세월은 돌아오지 않는다.
뒷전에 기대며 헛되이 살지 말고 앞길에 나서라고,
죽비를 든 바람이 주위를 휘돌며 옆구리를 친다.
산에서 내려와 멀리서 다시 산을 올려다보면, 신기하여라.
산사의 풍경소리 은은한 산자락으로 구름이 유유히 흐르고
산머리에 어느덧 큰스님 작은스님이 하늘을 보며 누워 있다.
두 스님에겐 벌써 천년이 가고 또다시 천년이 온다.
그동안 무엇을 전하고, 무엇을 얻은 것일까?

허망하구나. 허망하구나.

나무관세음보살(南無觀世音菩薩).

*2016. 12. 6. *양주문학 2020. 11. 제18호.

는개

해가 어쩌다 길을 잃고 구름 속에 빠지면
는개는 가슴 설레며 하늘 밑을 기웃거린다.
남들이 눈치채지 않게 살금살금 산자락에 내려와
산속 깊은 나무와 바위와 계곡을 휘감고 나서
사나운 사람들이 득실대는 마을에 당도한다.
이제 됐구나! 안도의 숨을 몰아쉬며 긴장을 푼다.
는개는 남들이 눈치채지 않게 일을 서둔다.
산에서 들에서 바다에서 강에서 마을에서
마침내 일을 마치면
세상은 어느덧 우윳빛 베일 속에 묻히고
는개는 보일 듯 말 듯 희미한 얼굴로
만나는 사람마다 공손히 인사한다.
무슨 일이든 화내지 않고,
아무리 급해도 서두르지 않고,
오로지 묵묵히 제 뜻을 펼쳐나간다.
언제 보아도 부드럽고 고요하고 겸손하나니,
세상살이 답답한 날이면 네가 그립구나.

*2020. 5. 26. *한글문학 2021 가을겨울호.

3

(2018)

자연 천지

눈만 뜨면 자연을 보네.
손만 내밀면 자연의 열매를 따고
집만 나서면 자연의 길을 걷네.

세상은 자연 천지.
천지가 자연으로 가득 차네.
끝없는 하늘 아래 산 바다가 둘러싸고,
산에는 나무 풀 짐승 새 꽃,
바다엔 억년 세월을 떠도는 물고기,
들녘엔 오곡백과가 만발하고
집에는 소 말 돼지 염소 닭 개 고양이가
눈만 뜨면 재롱을 피우나니,

자연은 아름다워라.
천국이 어찌 이보다 더하랴.

사람아, 당신은 아는가.
자연 천지, 이런 곳에 몸 부린 게

얼마나 장한 일인지,
당신은 알고 계신가.

*2018. 8. 29. *국보문학 2018 11월호.

북극성을 보며

밤이면 지붕 위서 저 홀로 반짝일 뿐,
무슨 일을 벌이는지 짐작조차도 못한다.
북극성, 그곳은 아득한 타향,
그와의 사이엔 450광년이 넘는 장강이 흐른다.
일 년 내내 오직 한자리에만 머무는 그 별을 두고
사람들은 우주의 나침판이라고도 부른다.
오늘 밤 그 별을 마주 볼 수 있다면
이미 천년이 흘러가 버린 옛날의 빛이다.
육신의 다리로 몇 겁을 걸어 별의 문턱에 이르면
행여 무슨 소식 들을 수 있을지 모르지만,
그 거짓말 같은 일을 어찌 함부로 기대하랴.
하지만 나는 믿고 싶다.
그 별이 그리워 하늘을 보며 누우면
하늘의 어느 뜰에선가 소크라테스를 만난다.
어두운 길마다 뒤쫓던 우매한 자를 깨우치려고
너 자신을 알라고 외치던 엄하신 말씀,
산 너머로 굽이치던 그 메아리도 사라지고,
이제는 고요하고 평화로운 세상,

진기한 꽃들이 우거진 하늘의 동산에서
오늘도 천사들과 함께 즐겁게 논다.
황홀하구나! 북극성, 그곳으로 가자!
오늘을 뒤로하고 천년만년 달려가서
그곳의 아름답고 향기로운 꽃길을 거닐자!
백 년도 못 견디는 목숨줄에 미련 두지 말고
운명의 고개를 넘어가자! 더불어 영원까지!
하늘가에 널린 별들이 기웃거리며 웃는다.
세상엔 꿈꾸는 자들이 왜 이리 많을까?
별들은 그 일이 내내 신기한 모양이다.

*2018. 3. 28. *국보문학 2018 7월호.

개나리

깊은 산엔 눈도 녹지 않았는데
강남 갔던 제비 소식도 없는데
너는 벌써 꽃을 피운다.

개나리야, 개나리야,
어쩌려고 한겨울을 울타리 안에 숨었더냐.
무엇을 전하려고 엄동설한을 참았더냐.

그래도 네가 전한 소식 있어
비로소 봄을 깨닫고 희망을 꿈꾸나니,
너는 하늘의 뜻을 아는 선각자인지도 모른다.

꽃잎마다 황금빛이 어른거리는 걸 보면
너는 소문보다 귀한 존재일 게 분명하다.
휘어질 듯 약한 몸에 따뜻한 마음을 지녔으니
우리 모두 받들어야 마땅하리라.

*2018. 1. 25. *국보문학 2019 3월호.

목련

빛 고운 얼굴에 성품이 강직하다.
가슴에 품은 열정 찬바람도 몰아낸다.
분단장을 더 했으니
너도나도 줄을 서리.

햇살도 들지 않은 새벽부터 나섰구나.
장사도 품지 못할 혈기가 넘쳐난다.
순리는 잘 지켰나,
가슴으로 재어본다.

무슨 꿈을 품었을까 오롯이 세운 깃발.
끝없이 부푼 마음 소식 없이 쏟아낸다.
얼마나 급했으면
옷조차 챙겨 입지 못할까.

가야 할 길 놓지 않고 한사코 달려온 몸,
철 이른 박토에서 횃불 들어 길을 밝힌다.
남은 걱정 첩첩해도
물러설 줄 모른다. *2018. 1. 4. 초고. 1. 21. *국보문학 2018 3월호.

찔레꽃

뒷산 산모롱이에 찔레꽃 핀다.
조선 사람 하얀 옷자락으로 핀다.
가냘픈 몸 서러운 마음에 핏기 없는 얼굴,
작은 바람에도 어깨와 손이 흔들리면
한 많은 민족의 서기가 온몸에 서린다.
그래서 울었나? 얼마나 울어서 눈이 퉁퉁 부었나?
한 번 울어도 천지가 요란한 걸 보면
동해의 파도요 금강산의 폭포로구나.
길가는 사람들이 모두 놀라며 발길을 멈춘다.
산 깊은 곳엔 안개 자욱하고 찔레꽃 만발한다.
꽃망울마다 고달픈 역사의 눈물이 주렁주렁 맺히고,
살아도 산 것이 아닌 목숨의 멍들고 찢긴 설움이
함성이 되고, 노래가 되어 귓전에 메아리친다.
다시 들려다오! 그 함성을, 그 노래를,
메아리는 산 너머 노을이 되고, 세월은 간 곳 없다.
그러나 찔레꽃은 지금도 남아 흐드러지게 피고
그 향기에 취한 사람이 비틀대며 그늘 속에 숨는다.
보라, 찔레꽃 남겨두고 돌아서면 비를 맞으리라.
끝없이 먼 길에 눈물이 주룩주룩 내리리라.

*2018. 2. 6. *푸른문학 2018 여름호.

이팝나무

내 고향 뒷동산 언덕에는
이팝나무꽃이 흐드러지게 피었다.
그 꽃만 보면 지금도 마음이 설렌다.
전쟁이 한창인 시절, 무지막지한 폭탄에
세상은 여지없이 부서지고,
젊은 사람들은 어디론지 자취를 감추고
어린애와 늙은이뿐이던 막막한 시절,
더불어 흉년이 겹쳐서 오고 가도 못하던
한 많은 보릿고개,
사는 게 두려워서 맘 놓고 잠들지도 못했다.
그래도 언덕에 오르면 파도처럼 출렁이던 이팝나무,
꿈에도 그리던 쌀밥이 가지마다 하얗게 열려 있어
보기만 해도 배부르게 하던 신기한 나무,
텅 빈 가슴엔 어느새 희망이 불끈 솟아올랐다.
그 나무가 아직도 뒷동산에 남아서
산 너머로 살랑살랑 부는 바람 따라
이팝. 이팝, 하고 손 흔들며 반겨준다.

*2018. 2. 17. *국보문학 2018 7월호.

쥐똥나무

이름이 천해서 억울하리라.
그래도 모른 척하며 허전한 마당가에 줄줄이 서서
오가는 사람들을 반갑게 맞는다.

사시사철 늘 푸른 가지에서 솜처럼 부풀어 오른 꽃,
손톱보다 작은 꽃잎 사이로 주렁주렁 열린 열매,
쥐똥이야! 누군가 놀려대던 쥐똥 같은 보랏빛 구슬.

어쩌다 허영의 가지가 돋으면 잘라주길 바라고,
욕심 없이 겸손하고 순리만 따르는 착한 나무,
서로가 어깨를 마주하고 보이지 않는 피켓을 들며
쥐똥나무는 항상 세상의 평화를 위해 종을 친다.

꽃이 모이는 화단에선 꽃밭을 감싸며 경비를 서고
범죄가 잦은 위험지대엔 안전을 위해 성을 쌓고,
밤마다 호루라기를 불며 뜬눈으로 지새운다.

요즘같이 허황한 세상 어딘들 걱정 없으랴.

제 몸 튼튼히 지키고 이웃과 손잡고 동행하면
그늘 속에 갇혀 살아도 염려할 것 없으리라.

보아라, 쥐똥나무는 얼마나 평화로운가.
한세상 탈 없이 살려거든 이 나무를 지켜볼 일이다.
쥐똥처럼 낮은 자세로, 구슬처럼 단단한 마음으로
꿋꿋이 살면 하늘도 뒤따르며 응원하리라.

쥐똥나무는 오늘도 바른 세상을 위하여
오직 불의를 막고 정의를 지키기 위하여
어둡고 험한 곳에 울타리를 친다.

*2018. 3. 20. *국보문학 2018 8월호.

들깨밭에서

들깨는 세상살이가 얼마나 즐거운지
자나 깨나 몸 흔들며 춤춘다.
들깨는 오늘도 머리에 하얀 꽃을 얹고
오가는 사람에게 허리 굽혀 인사한다.

건강하기로 소문난 윗집 아저씨는
날만 새면 들깻잎 따기에 바쁘다.
삼겹살에 쌈 싸 먹으면 그만이라고
엄지척하며 자랑한다.

음식솜씨 좋기로 소문난 아랫집 아줌마도
때만 되면 부엌에서 들기름 냄새를 풍겼다.
들기름이 없으면 음식을 만들 수 없다고
능청스레 과장을 편다.

그래도 들깨는 들깨,
들깨 기름은 영양의 보고라고 한다.
항암 작용을 하는 황산화 성분,

노화를 예방하는 리놀산 성분,
뼈를 튼튼히 하는 칼슘 성분, 그뿐만 아니라
오메가3 등 각종 비타민이 풍부하다 하니,
바로 건강박물관이 아니랴.

이를 증명해 주듯
고소한 냄새가 천 리를 넘는구나.

들깨밭에서 들깨들이 몸을 흔들며 바다를 연다.
들깨들이 물결치니 건강한 세상이 다가온다.

*2018. 9. 24. *국보문학 2018 11월호.

풍뎅이

내가 있으니 즐거우리라.
내가 항상 장난감으로 곁에 있으니
너희는 하루도 외롭지 않으리라.

세상 물정 모르는 내가
너희의 간교한 흉계에 빠진 채 꼼짝없이 붙들려
발목이 부러지고 날개가 찢어져서 병신이 되고,
마지막 머리조차 이윽고 비틀어지면
너희의 세상은 천지개벽 되어 환하게 열리겠지만
나는 정신을 잃고 이승 밖을 허둥지둥 떠도는데,
행여라도 엄살이라고 떠들지 마라.

하지만 나는 후회하지 않으리라.
내가 너희의 노리개가 되려고 태어났다면,
그 운명을 거역할 수 없기에
너희가 아무리 짓궂고 잔인해도 원망하지 않으리라.

사람들아, 내 목을 비틀어다오.

너희가 즐겁도록, 너희 가슴이 확 트이도록 놀아다오.
나는 오늘도 너희가 머무는 이 넓은 대지에서
오직 너희를 위해, 자전하는 지구처럼 빙빙 돌리라.

*2018. 5. 2. *국보문학 2018 7월호.

개미

날이 흐리고 하늘에 먹구름 몰려든 날이면
개미들이 떼지어 모여들며 행군을 시작한다.
서산을 넘는 해도 얼마 남지 않았는데
뒤늦게 어디로 가려는 것일까?
마치 군대의 조직처럼 사단, 연대, 대대, 소대,
개미들이 부대를 만들어 줄을 지으며
금세 비라도 내릴 듯 음습한 길을 행군한다.
보이지 않는 깃발을 앞세우며 용감하고 씩씩하게
조그만 개미들이 어디론지 몰려간다.

가뭄에 지친 사람들은 어느새 눈치채고
가슴에 맺힌 답답한 마음을 푼다.
비가 내리겠구나!
사람들은 서둘러 논밭에 나갈 준비를 한다.
삽과 괭이를 들고, 개미처럼 문밖에 줄을 선다.
이제는 농부의 행군이 시작되리라.

*2018. 5. 2. *국보문학 2018 7월호.

원숭이

얕보고 무시하지 마세요. 당신과 얼마나 다를까요. 우리도 당신처럼 산을 좋아하지요. 눈만 뜨면 산속에 들어가 나무를 타고, 배고플 땐 열매를 따 먹고 배부를 땐 가지에서 재주를 부리며 즐겁게 놀지요. 우리를 광대라고 흉보지 마세요. 당신이 하고 싶은 일을 못 참는 것처럼 우리도 하고 싶은 일을 찾아서, 장난질하고 싶으면 나무에 올라 장난치고, 남을 때려주고 싶으면 상대에게 돌을 던지고, 널따란 숲속을 헤치고 다니며 즐겁게 놀지요. 해가 긴 날은 가파른 비탈이나 큰 산에 오르다가 지치면 나뭇가지에 걸쳐 한잠 늘어지게 자고, 그래도 남으면 새끼를 불러 숨바꼭질을 하며 해지는 줄도 달 기우는 줄도 모르지요. 누군가는 제정신이 아니라고 손가락질할지 모르지만, 팔자가 그런 걸 어쩌겠어요. 제발 비웃지 마세요. 언젠가 다시 만나거든 잊지 말고 반겨주세요. 우리는 영리한 원숭이, 귀엽고 꾀 많은 몽키, 어쩌면 당신의 모습일지도 모르니까요.

*2018 5.14. *국보문학 2019 10월호.

태풍

– 솔릭 19호를 보며

태풍이 지나자 하늘이 맑아지고
산 아래 풀숲에서 풀벌레들이 요란하게 운다.
저마다 살아있음을 알리는 간절한 신호일까.
생사의 고비를 넘긴 일이 아슬아슬하겠구나.
어떤 사람은 부서진 집에서 기어 나와
서둘러 집을 짓는다. 늦기 전에
누울 자리를 만든다.
태풍이여,거룩한 자연을 해치는 흉악한 폭군이여.
하늘이 두렵지도 않은지,
눈 깜짝 않고 또다시 행패를 부렸구나.
미국 본토를 휩쓴 허리케인, 토네이도,
일본 열도를 덮친 해일, 또는 쓰나미,
우리 마을을 날려버린 사라, 매미, 루사, 나리,
모두 네놈의 짓이려니,
아무리 작은놈이라 해도
네놈이 나선다는 소문만 들리면
사람은 벌벌 떨고, 짐승은 바위 속에 숨는다.

*2018. 8. 27. *국보문학 2018 11월호.

강에서

강으로 가고 싶다.
산 계곡 개울물이 흐르고
시내에서 냇물이 흘러서

마침내 그들이 모두 모여
만 리의 장강을 이루는 곳으로.

어디쯤 강물 깊은 곳에서
젖은 몸 씻고
남은 세월 고요히 살고 싶다.

얼마나 순결한가.
얼마나 온유한가.

이 아름다운 곳에서
한 걸음도 물러서고 싶지 않다.

세월이 굽이쳐 흐른 후
어둠은 남김없이 흘러가 버리고
물빛 파란 곳에서 우리 함께 살자.

*2018. 11. 1.
*한글문학 2021 가을겨울호.

돌

여기까지 굴러오는 데 얼마나 걸렸을까.
천년만년 억만년, 그 고개를 넘었을까.

애초엔 산이었으나 세월의 굴레를 타고
데굴데굴 뒹굴며 산 아래로 내려와
풀숲에 기대며 후일을 엿보다가

모진 바람 천둥 번개에 더는 못 참고
무릎 꿇고 천길 만길 밖으로 굴러 떨어져
갈가리 찢기고 부서지며 여기에 이르렀나니,
이젠 잔바람에도 흔들리는 돌멩이가 되었구나.
산이 이렇게 작아질 수도 있구나.

그러나 애초엔 백두산이나 금강산이나
혹은 한라산의 머리였는지도 모른다.
작은 것은 언제나 큰 것에서 비롯되나니
지체 말고 찬양하라, 산의 조상이로다.

*2018. 11. 1. *지구문학 2020 여름호.

가을 자연

하늘이 높고 햇살이 맑으니 평화롭구나.

산과 들 어디서나 황금빛이 홍건히 물들고
나무들은 주렁주렁 열매를 매달고 있나니,

가을이다.
사람들은 어느덧 살아갈 걱정조차 놓아버린다.

올 때 왔으니, 갈 때 가야지.
자연은 순리를 따르며 묵묵히 다음 길을 재촉한다.

*2018. 10. 19. 초고. *푸른문학 2018 겨울호.

단풍

옷차림이 다르니 먼 길 가려나 보다.
머지않아 창밖에 무서리 내리고
한파가 몰려오리란 소식 들려도 눈 깜짝 않더니,
하늘빛이 달라지자 새벽부터 짐을 챙긴다.
어디로 가는 것일까?
아무리 궁금해도 가르쳐주지 않는다.

지난날 다락에 숨겨둔 비단옷 갈아입고
남몰래 산에 오른다.
산들도 뒤따르며 옷을 갈아입는다.
싸늘한 바람이 맞장구치며 응원한다.
빨갛고 노랗고 하얗게 변신한 나무들,
어느덧 산이 울긋불긋 화려하다.

하지만 가을이 가고 찬바람이 휘몰아치면
나무는 가진 것 다 버리고 벌거숭이가 되리라.
새들은 멀리서 안타까워 발을 구르고
남은 꽃들도 떠날 준비하고 길에 나와 배웅하리라.

잘 가라, 따뜻한 곳에 쉬었다 오라.
사람들은 아는 척하며 점잖게 당부한다.

*2018. 11. 8. *지구문학 2021 겨울호.

들꽃

세상 사는 법을 잘 안다.
아침마다 햇살 받아 얼굴이 반지르르하다.
남에게 간섭받지 않고 용케도 제 맘대로 사느니
너보다 자유로운 이가 있으랴.

남에게 멱살 잡히거나 뺨 맞을 일은 절대 않는다.
남의 논밭, 농부의 발걸음 잦은 곳은 기웃거리지 않는다.
하루를 살아도 남의 손닿지 않는 곳이 명당이다.
아무리 멀고 험해도 남들이 시샘하지 않는 곳,
마을 밖 한갓진 곳이나 널따란 벌판에다 짐을 부린다.
보라, 너희는 언제나 평화롭다.
할미꽃, 채송화, 엉겅퀴, 패랭이꽃, 개망초, 접시꽃,
너희 족속들은 어디든지 한없이 널려 있지만
여태껏 미워하는 이를 보지 못했구나.
잘 자라라, 하늘같이 너른 땅 무럭무럭 자라서
세상이 맑아질 때까지 향기를 내뿜어라.
장담하느니, 천세 만세 길이 창대하리라.

*2018. 7. 12. *국보문학 2018 9월호.

가을바람

가을바람이 산들거리며 얼굴을 간지럽히네요.
바람은 어디서 와서 어디로 가는 걸까요.
바람은 언제나 보이지 않게 흘러가지만
내가 사는 마을의 산 너머로 소리 없이 와서
우리 집 고추밭 들깨밭 배추밭 이랑을 지나갑니다.
고추밭에 오는 바람은 맵고 얼큰한 찌개가 그립고
들깨밭에 오는 바람은 영양창고인 오메가가 그립고
배추밭에 오는 바람은 유산균이 넘치는 김치가
그렇지 않을까요?
바람은 남몰래 와서 빨간 고추를 어루만지고
들깨 숲을 헤치며 들깨꽃 찾아 숨바꼭질하고
배추밭을 맴돌며 달콤한 내음에 취해 보지만
그래도 그를 아는 사람이 없습니다.
고추밭 들깨밭 배추밭 위로 날아다니는 벌 나비만이
신바람 나서 바람을 흉내 내며 허둥거립니다.
오늘은 바람이 일찌감치 밭이랑에 누워 한잠 늘어지게 잡니다.
네 팔자가 제일이로다!
티끌 하나 없는 하늘에서 해가 내려다보며 빙그레 웃습니다.
저들의 세상이 부러운가 봅니다.

*2018. 10. 2. *국보문학 2018 11월호.

단풍 황제

- 은행나무

시절이 바뀌면 마음도 돌아선다.
새벽 창가에 서리가 내리면
은행나무는 어느덧 단풍 황제가 된다.

손에는 빛나는 황금 부채를 들고
어깨엔 주렁주렁 금방울 열매를 매달고
황제는 내일을 꿈꾸며 길을 나선다.

지난날, 꿋꿋이 살아온 세월이
얼마나 아름다운지,
먼저 온 바람이 깃발 들고 뒤따른다.

사람들은 그의 고고한 성품을 그리며
길에 나와 손 흔들며 배웅한다.
어떤 이는 머리에 꽃을 뿌린다.

한 세상 바르게 살다가 황제가 되었으니
이보다 더 큰 영광은 없기에
사람들은 아무도 훗날을 묻지 않는다.

*2018. 10. 3. *국보문학 2018 11월호.

만추

일을 마쳤다. 가을걷이도 끝났다.
텅 빈 들녘엔 하얗게 서리가 내리고
사람들은 살며시 안방으로 숨어든다.
지난 여름 불볕더위가 원수 같더니
그때가 되레 그립다.
마음은 누구나 간사하다.
이웃집 아저씨는 모른 척하며
두꺼운 옷 껴입고 집을 나선다.
먹고 살려면 별수 없지. 참고 견뎌야지.
가지만 남은 나무들이 걱정스럽게 지켜본다.
북극에서 추위 먹은 새가 떼지어 날아든다.
여기는 살만하다고 여긴 것일까?
새들은 서로 마주 보며 웃는다.
한 시절이 가면 또 한 시절이 오고
세월은 여전히 물레방아처럼 빙빙 도나니,
기다리자, 다시금 몸 씻고 돌아올 때까지.
그동안 눈 내리고 찬바람 씽씽 불겠구나.

*2018. 10. 30. *푸른문학 2018 겨울호.

겨울나무

구멍이 송송 뚫린 나뭇가지 사이로
깡깡 언 하늘이 보인다.

예전엔 종종 흘러가던 구름이나
즐겁게 날던 새들도
어디에 숨었는지 보이지 않는다.

오로지 찬바람만이 허리에 칼 차고
구만리 첩첩한 세상길을 휩쓴다.

칼바람 소리, 휙휙 날리며
산마루를 휘젓지만
나무는 끝내 참고 견딘다.

조금만 더 기다리면
꿈같은 시절이 찾아오리란 걸
나무는 믿기 때문이다.

*2018. 3. 19. *푸른문학 2021 가을호.

자연이다 · 1

누가 손 내밀면 오고
등 떠밀면 가는 게 아니다.

이른 아침,
누군가 문밖에 뛰쳐나와
황급히 깃발을 세우거나
늦은 저녁,
저 홀로 쓸쓸히 돌아서며
손 흔들지 않아도

올 때가 되면 기어이 오고
갈 때가 되면 홀연히 떠난다.

백마를 탄 왕자도,
꿈꾸는 새도 그랬다.
땅에서 자란 것들은 다 그랬다.

자연이다.

*2018. 7. 9. *지구문학 2018 가을호.

자연이다 · 2

산 넘고 바다 건너,
높고 낮은 것 구별 없이
온 땅에 네 얼굴이 널려 있다.

바람 불고 비 오는 일
날마다 습관처럼 되돌아오고,
철 따라 피고 지는 나무, 풀, 꽃,
눈뜨고 숨 쉬는 새와 짐승,
모두 한결같구나.

세월은 무심히 지나는 듯하지만
밤새워 생각을 굴리고
주판알을 튕기는 줄
어찌 짐작이나 하랴.

이곳에 잠시 머물고 있나니,
영원의 길 위에 선 진리와 섭리,
그 엄중한 하늘의 질서를 두고

두렵지 않을 자 없겠구나.

자연이다.

*2020. 4. 16. *지구문학 2021 봄호.

설경(雪景)

밤새 내린 눈이 나뭇가지에 앉아
신비한 동양화를 그린다.
천지를 휩쓴 강풍 한파에도 꼼짝 않는
꿋꿋한 성정이 금빛처럼 빛난다.

오늘 아침,
산길에 나섰다가 저 풍경을 본다.
놀라서 마음만 뒤집히다가
한 자락 잘라다 서가에 걸어둔다.

하얀 하늘, 하얀 땅, 하얀 숲, 하얀 바위,
이보다 아름다운 세상이 있으랴.
친구여, 우리도 이젠 돌아서야 하리.
오직 순결만이 우거진 이 풍경처럼
남은 시간 하얗게 불태워야 하리.

*2018. 1. 23. *국보문학 2018 3월호.

4

(2017)

진실한 자연

세상이 변했다.
밤낮으로 바람 불고 꽃피고 새 날고
천지에 뿌리박힌 나무와 풀들은 하늘빛에 물들고
더러는 웃자라 산 너머에 솟은 것도 있지만,
어디 가나 발목에 걸리는 건 돌멩이가 먼저요
지렁이 아니면 이름조차 알 수 없는 이상한 벌레들,
어둠 속에 갇힌 채 사방에 널려 있다.

그래도 자연이다.
언제나 태산 같은 꿈이 있어,
어험! 혹은 으흠!
오가는 길마다 기염이 그칠 날 없다.
그에 맞서려다 뺨 맞고 돌아선 자 누구인가?
구석진 방에 누워 지난 일을 후회한다.

모두가 잘났다고 박수 친다.
겨우내 모진 설움 속에도 끝내 꽃피운 동백꽃이
언제 왔는지 꽝꽝 언 길에 우뚝 서서 큰소리친다.

개나리 진달래가 뒤따르며 꽃피울 채비를 한다.

천년도 단숨에 뛰어넘는 세월이지만,
어둡고 거친 길 온갖 시련이 몰아쳐 와도
오로지 제 운명, 한 발짝도 물러서지 않고
하늘, 땅, 산, 바다, 나무, 풀, 새, 짐승, 바람, 비,
어김없이 제 길만 가는 진실한 자연!
찬란하구나. 지상의 별이로구나.

*2017. 5. 9. *한글문학 2017 가을호.

나무의 꿈

나무는 남다른 꿈이 있다.
죽으면 큰집에 살려는 거대한 야망,
대왕이 살던 구중궁궐의 대들보는 아니더라도
한 시대를 받쳐줄 사대부집의 기둥이라든지
혹은 장원급제의 벼슬을 꿈꾸던 선비들의 책상,
하다못해 시골 농부의 지게라도 되길 고대하며
눈만 뜨면 하늘에 손 비빈다.
그래도 소식 없어 슬픈 날은 산 너머로 날아간
벌 나비를 불러 꽃구경시키며 달콤한 꿀을 주고,
갈 곳 없는 새에겐 열매를 주며 힘내라고 응원한다.

나무는 하루도 쉬지 않고 꿈을 꾼다.
마침내 목수의 날카로운 칼에 살갗이 벗겨지고,
속만 남은 몸뚱이는 소금물에 적셔지고,
덕장의 황태처럼 바람에 꼿꼿이 말려지고,
토목장의 거친 톱에 몸뚱이가 잘리고,
하루도 아프지 않은 날이 없지만
나무는 끝내 울지 않는다.

그것이 제가 천년만년 사는 길임을 믿기에
아무리 아파도 참고 견딘다.

그러나 나무는 산을 잊지 못한다.
산은 저를 길러준 고향이기에.
오늘도 저를 위해 꽃 피고 새 울기에.

*2017. 12. 21. *국보문학 2018 4월호.

꽃구경 가서

뒷동산에 꽃 손님 왔다는
소식 듣고
서둘러 올랐더니,

꽃은 어느덧 목이 잘리고
밑동만 남았다.

어느 놈이었을까?

마음씨 고운 뻐꾸기가
어찌 알고
밤새껏 서럽게 운다.

뻐꾹!
뻐꾹!

*2017. 11. 4. *푸른문학 100선 2집(2018. 2.)

꽃피는 나무

꽃피는 나무는 산이 좋다.
산기슭 어디든 날아가 뿌리내린다.

시절이 순리를 따라 오가고
꽃나무들이 자라서 아리따운 꽃을 피우면
벌 나비는 서둘러 길을 내고,
철부지 짐승들은 헛걸음질만 친다.

꽃나무가 무심한 세월에 못 견디고
쉽게 늙어도 꽃은 의연하다.
철이 바뀌어 꽃이 시들 때까지
벌 나비 끊임없이 날아들고
향기가 마을까지 내려와서
과수댁의 치맛바람을 일으킨다.

하지만 웬일인가.
때가 와도 꽃피는 사람은 없다.
문밖으로 허망하게 흐르는 세월 제치고
아름답게 살려는 사람은 보이지 않는다.

*2017. 7. 31. *지구문학 2021 겨울호.

귀한 세월

어제는 비바람 몰아치며 근심을 퍼붓더니
오늘은 멀쩡한 하늘에 둥근 해가 불끈 솟고
숨었던 새들이 밖에 나와 신나게 날아다닌다.

빙하의 끝자리에 새봄의 꽃길이 열리고
열대가 가면 풍성한 계절이 열리는 일은
아직도 옛일이 아니로구나.

간밤은 폭염의 횡포에 한잠도 못 잤으나
오늘은 새벽부터 시원한 바람 불어와
옆구리를 찌르며 단잠을 부추긴다.

하루 사이 잠깐에도
이리 쉽게 달라지는 걸 보면
지구는 여전히 돌고 있나 보다.

이 바쁜 세상에 함께 사는 친구들아,
손마디보다 짧은 세월 서둘지 말고

천천히 가라.

이보다 귀한 세월 다시 있으랴.

*2017. 7. 21. *푸른문학 2021 가을호.

하늘

하늘은 열린 곳이다.
세월이 가고, 세상 길이 바뀌고,
삼라만상이 넘어질 듯 위태로워도
하늘은 닫히지 않는다.

하늘은 세상 꽃이 모인 정원.
숲이 깊어 종(種)을 헤아리지 못한다.

하늘은 신비에 싸인 미궁의 섬.
비밀을 찾으려고 사람들이 밤새워 헤매지만
끝내 소식 없고 안개만 자욱하다.

하늘은 살다 지친 자들이 모인 광장.
다치고 찢겨서 보기조차 흉한 사람들,
어제까지 이웃에서 살던 낯익은 얼굴들.
줄줄이 찾아와 어제를 돌아보며 한숨짓는다.

하지만 생시의 버릇 여태 못 버린 채

또다시 일어서는 건방진 사람도 있으려니,
때리고 부수고, 온갖 행패를 일삼으며
순리를 어긴다면, 천벌을 어찌 감당하랴.

하늘을 함부로 논하지 마라.
막막한 삶의 언덕에서 그곳만 오로지 내다보며
비밀을 캐는 천문학자나 혹은 삶의 의미를 묻는
철학자처럼 가슴에 맺힌 의문이 눈물이 되어
이승의 새벽 뜨락에 이슬로 내리면,

하늘가에 대롱대롱 매달려 위로해 주던 달,
가물가물 떼지어 모여들며 손 흔드는 별,
아침마다 세상 길을 비추려고 다시 뜨는 해,

얼마나 아름다운가.
굳게 믿고 꿋꿋이 살아갈 따름이다.

*2017. 7. 28. *지구문학 2021 여름호.

참깨를 기르며

올해는 참깨를 심어 재미를 보았다.

참깨는 고소한 기름을 간직한 신기한 씨앗이다.
단백질, 아미노산 등이 풍부하다는 것은 모르는 사람이 없다.
그래선지 어느 음식에나 단골 메뉴로 등장한다.

하지만 참깨를 기르는 일은 여간 힘들지 않다.
먼저 전쟁에 나가는 장병처럼 마음을 단단히 다져야 한다.
4월 말이나 5월 초순, 강아지같이 순한 날 잡아 땅을 갈아엎고
두렁을 만든 흙을 온종일 때리고 부숴 떡가루같이 부드럽
게 만든 후
두렁 위에 비닐을 씌워 잡풀들이 꼼짝 못하게 한다.
며칠쯤 숨을 고른 후 한 뼘쯤 사이를 두고 씨 뿌릴 구멍을 파고
조심조심 그 구멍에 몇 알씩 참깨를 뿌린다.
그곳에 다시 떡가루 같은 흙을 살짝 덮어주고, 손을 턴다.
하지만 그게 끝이 아니다. 그날부터 하늘을 올려다보며 기
도한다.

참깨를 위한 기도는 한두 가지가 아니다.
밝은 해여, 불볕을 삼가소서. 땅이 마르면 안 됩니다.
바람이여, 잔잔하소서. 몸이 부러지기 쉽습니다.
장맛비여, 짓궂게 내리지 마소서, 뿌리가 썩습니다.
병충이여, 천벌 받아 마땅한 병충이여, 당장 떠나소서.
이곳은 당신이 머물 곳이 아닙니다.

참깨를 기르며 여름 한 철을 지내고 보면
그 세월이 십 년보다 길다.
아무리 큰 사람도 참깨처럼 작게 줄어든다.
참깨도 그를 아는지 몸값을 황금반열에 올려놓는다.

내년에도 참깨를 심기로 했다.

*2017. 6. 9. *국보문학 2018 9월호.

완두콩

6월 하순이면 완두콩을 거둔다.
완두콩 섞인 밥은 더욱 맛깔스러워 식욕을 돋운다.
밥 속에 박힌 콩이 진주나 옥구슬처럼 빛난다.
그래도 농부들은 기르기 힘들다고 손사래 친다.
몸이 비실비실하여 어디서나 드러눕기 일쑤지만
함부로 말하지 마라. 네 잘못이 없지 않다.
줄기 사이에 나뭇가지를 잘라다 기둥을 세우고
아침저녁 거르지 않고 거름 주고 물 주고
아무리 힘들어도 한눈팔지 않고 정성을 다하면
기특해라, 연초록 잎에 하얀 꽃을 흐드러지게 피우며
완두콩은 줄기마다 열매가 주렁주렁 매달린다.
큰놈은 여덟 개, 작은놈은 네 개, 막내는 두 개,
갑옷처럼 튼실한 깍지 속에 보석들이 숨어 있다.
완두콩은 완두콩! 완두콩은 진주다! 옥구슬이다!
몸은 비록 약하지만, 열매는 별처럼 빛나는구나.
보라, 모든 결실은 주인의 손길에 달려 있느니,
나는 네게서 세상사는 법을 배운다.

*2017. 6. 11. *국보문학 2018 7월호.

꽃비

문밖에 4월이 오자,
마을 앞 길가에 줄지어 선 벚나무가
무슨 꿈에 부풀었는지
앙상한 가지에 주렁주렁 꽃망울을 매달더니
가마솥에 콩 볶듯이 톡톡 터트리며
세상을 놀라게 한다.

화려한 꽃잎이 하늘을 덮는다.
모두 나와 찬미하라!
문밖에 꽃길이 열렸구나!

하지만 꽃이여! 무슨 일이 있기에
며칠을 못 참고 꿈을 접고 마는구나.
바람 한 점 없어도, 구름 한 점 흐르지 않아도
홀연히 돌아서서, 서러운 비가 되어
그 고운 꽃잎들이 주룩주룩 내리는구나.

더러는 물정 모르는 이의 발에 밟히고
더러는 외로운 이의 가슴에 젖는구나.

*2017. 4. 19. *국보문학 2018 4월호.

물의 자유

평생 거친 길만 걸어온 아버지는 세상에서 가장 중한 게 물이라고 확신한다. 물은 당장에도 제 손에 죽이고 살릴 수 있지만, 그래도 모른 척 숨죽이며 남의 발 앞에 엎드린다. 하지만 뒤통수 맞으면 못 참는 버릇도 있다.

물을 누가 모른다고 하랴. 물이 섭섭하여 잠시라도 발길을 돌리면, 호수나 강은 사막처럼 바싹 말라버리고, 목숨보다 소중한 작물들은 숨도 못 쉬고 눕는다. 올여름에도 그런 일 당한 사람 보았다.

물은 한 번 토라지면 사람의 원성이 아무리 높아도 뒷짐 지고 구경만 한다. 그런데 웬일일까? 날이 가물어 근심에 빠진 어느 날, 짐작도 못한 일이 벌어졌다.

하늘에서 별안간 물 폭탄이 떨어졌다. 순식간에 세상이 물바다를 이루고, 논밭은 벌써 물속에 갇힌 호수가 된다. 이런 봉변이 있나?

위선자, 변덕쟁이, 고집쟁이, 이기주의자, 사람들은 거리에 나와 못한 말이 없지만, 끝내 참는다. 욕하지 마라, 물은 생명의 원천! 남의 눈치 안 보고 제멋대로 산다 한들 함부로 막을 수도 없다.

천하에 다시없는 존재가 누리는 절대의 자유.

*2017. 7. 7. *한글문학 2017 가을호.

장맛비

가뭄에 탄 논밭은 꿈을 잃고 산 너머 저녁노을이 되고
더위가 체온을 뛰어넘자 메마른 마음은 뜬구름 되어
허공에 둥둥 뜬 채 하릴없이 하늘가를 떠돌고,
누군 일사병에 누군 전염병에 걸렸다는 소문조차 돈다.
마을 건너 숨은 강은 여지없이 흉측한 바닥을 드러내고
일월이 지나는 지붕마다 쉴 새 없이 한숨이 들끓을 때
초원을 날뛰던 황소 같은 친구, 새벽부터 큰소리친다.
왜 내 탓만 하느냐고, 나만 없으면 끝날 줄 아느냐고,
하늘이 찢어지게 외치며, 쫓겨나지 않으려고 발광한다.
멀리서 거대한 태풍이 눈 부릅뜨고 달려오는 줄도 모르고
겁 없이 아무거나 때리고 던지고 부수며 행패를 부린다.
하늘에서 천둥 치고 번개 치며 구름 떼가 몰려들자
눈치 빠른 친구는 할 수 없이 짐 싸 들고 달아나더니
더는 못 가고 뒷동산의 정자나무 아래서 우스꽝스레 펄럭인다.
보라, 이제부터 세상 곳곳에 몰려든 비, 성질 급한 장맛비,
소낙비 장대비 우레비 게릴라비 또는 난폭한 국지성 호우,
그동안 묶였던 손발의 끈을 풀고 속시원히 쏟아진다.
태풍은 아직도 남해안 중간에 머물고 있는데.

*2017. 7. 10. *착각의 시학 2107 가을호.

소낙비

장마가 아직도 끝나지 않았는지
새벽까지 소낙비가 줄기차게 내렸다.
창밖을 보니 희뿌연 물안개에 사방이 막혀 있다.
우산 쓴 여인이 길 잃고 흐느적거린다.
이런 날이면 오래 적 친구들이 떠오른다.
영민, 영달, 한복, 그리고 용덕, 석윤,
그들은 지금 어디서 무엇을 할까?
바람이 전하는 바로는 둘은 먼저 하늘로 가고
남은 친구도 석양 길에서 헐떡거린다던데,
무더운 땡볕 속에 어찌 참고 견디는지,
행여 거친 돌에 걸려 넘어지진 않았는지,
때아닌 걱정들이 몰려와 소용돌이친다.
그래도 남은 자는 다시 만날 수 있지만
떠난 자는 어디서 찾을까?
눈앞이 막막하다. 가슴이 발기발기 찢어진다.
하늘도 눈치챘는지, 엉킨 마음을 풀어주듯
소낙비가 한바탕 또 쏟아진다. 싸악, 싹!
이제는 뱃속까지 시원한 바람을 몰고 온다.

*2017. 7. 16. *아동문학세상 2017 가을호.

황소개구리

깊은 밤, 하늘의 별들도 잠든 시간,
삼복더위 밀려와 눈 한 번 못 붙였는데
어디서 개구리가 서럽게 울어댄다.

뉘한테 억울하게 당하고 주저앉거나
혹은 무슨 음모의 덫에 걸려
천길 같은 절벽 아래로 굴러 떨어져
팔다리라도 부러졌는가.
개구리가 잠도 안 자고 울어댄다.

예전엔 엄마의 자장가처럼 귀가 간지럽게
개굴개굴, 목소리를 낮추며 노래했는데
왜 이리 변했나?
아니면 바다 건너에서 원정 왔다는
악명 높은 황소개구리일까.
광야를 누비는 맹수처럼 악을 쓰며
꽈아악 꽈악! 꽈악 꽉!
어느새 수상한 별종이 되어

물어뜯고 할퀼 듯이 으르렁거린다.
소름 돋친 소리에 지붕조차 흔들린다.

고달픈 세상에 남은 건 한숨뿐인 사람들,
새벽부터 걱정스런 얼굴로 창밖을 내다본다.
한심하구나. 이제는 개구리마저 두렵게 되었으니
남은 세월 어찌 견딜지 큰일이로구나,

*2017. 8. 14. *표현 2017 겨울호.

하늘과 함께

삼복더위에 다쳐서 바깥출입을 못 했더니
무슨 일이 벌어졌는지, 세상이 뒤숭숭하다.
하늘이 무슨 일을 벌인 모양이다.
술 취한 나그네처럼 시도 없이 구름떼를 몰고 와서
동서남북 곳곳을 줄기차게 휘돌며 마음 내키는 대로
어디든 모나고 성긴 비를 쏟아놓았기 때문이다.
일러서 국지성 호우.
더불어 강이나 호수가 넘쳐서 물 걱정은 사라졌지만
뜬금없는 홍수에 논둑이 무너지고, 백성은 내내 울상이다.
미리 막지 못한 죄보다 하늘에 대한 원망이 더욱 크지만
꾹 눌러 참는다. 아무리 아파도 참는 게 상책이다.
하늘 같은 대자연에 어찌 대척하랴.

시골에 내려와 주먹만큼 작은 땅을 빌려 놓고
감지덕지 짬만 나면 파고 갈고 씨를 뿌리며
세월 가는 줄 모르고 바쁘게 살고 있다.
행여 하늘의 은덕을 잊을까 싶지만, 그런 바보가 있으랴.
나는 오늘도 하늘과 마주 보며 일과를 시작한다.
하늘이 내려준 시간까지. 남은 세월 다할 때까지,

*2017. 8. 21. 초고. *국보문학 2018 8월호.

구름과 함께

마음이 흐린 날은 구름을 부른다.
아무도 없는 텅 빈 허공에 몸을 띄우고
어디로든 떠나는 여행을 한다.
사는 일에 무엇을 얻고 버린다 하랴.
오늘 꿈꾸고 내일 꽃피는 일이 쉬운 일이랴.
그냥 떠도는 일이 바른길인지도 모른다.

가진 것 훌훌 털고 문밖에 나서 볼 일이다.
가진 게 없음이 하늘에선 되레 부자라고 하거늘
그것을 깨달아야 바르게 살 수 있다.
보라, 정처 없이 떠도는 게 구름이라지만
손에 돌만 들지 않으면 이보다 착한 게 있을까.
산 아래 자란 꽃이나 풀들을 보라,
너를 보면 깜짝 반기며 손 흔든다.

운외창천(雲外蒼天)이라 하느니,
등 뒤에 복주머니를 숨겼나 보다.

*2017. 8. 23. *국보문학 2018 8월호.

바람과 함께

눈으로 볼 수는 없지만, 모르는 이는 없으리라.
산에도 가고 길에도 가고, 안 가는 곳이 없으니,
너의 정체가 무엇인지, 하늘에서 왔는지, 땅에서 솟았는지,
혹은 무슨 뜻을 품었는지, 무슨 역할을 맡았는지,
세상천지 안 간 곳 없이, 골목까지 샅샅이 누비며,
엎어지고, 쓰러지고, 부서지고, 찢어져서 성한 곳 없구나.
깊은 밤, 산기슭에 숨어 피투성이 된 손발을 어루만지며
발밑에 떨어진 슬프고 아픈 것들을 밤새껏 쓸어 모아
뒷골목 웅덩이나 남의 집 담장 밑에 첩첩이 쌓아두지만,
천년만년 지나도록 발자국 하나 보이지 않는다.
얼마나 영악하고, 얼마나 짓궂고, 얼마나 의뭉스러운가.
그래도 탓할 수 없는 존재인 줄 사람들은 안다.
네가 없으면 하루도 견디지 못하리라는 걸 짐작하기에
문밖에서 아무리 소란을 피워도 원망하지 않는다.
너는 오직 자유롭다. 너를 보면 금세 소원이 솟는다.
세상에서 떠나는 날, 나는 바람이 되리라.
친구여, 행여 바람이 불어와 몸이 떨리거든 두려워 마라.
내가 벌써 당신 곁에 와 있음을 깨닫고 반가워하라.
나는 순한 바람이 되어 너희를 평화롭게 하리라.

*2017. 8. 23. *지구문학 2021 봄호.

바다와 함께

바다가 잔뜩 화났나 보다.
오늘도 노여움을 풀지 못하고
철썩, 철썩, 회초리로 내려친다.
사람들아, 아프지 않으냐?
어디 다친 곳은 없느냐?

바다는 제 몸에 가득 물을 담고
그곳에 황금 같은 물고기를 숨겼다가
그물을 들고 온 어부에게 넘겨주고,
날마다 기다리는 식탁 위에
팔딱팔딱 뛰는 생선의 심장까지 올려주지만
사람들은 아직도 고마움을 모른다.

사람들아, 바다는 너를 위해 있나니,
행여 몰랐거든 마음을 고쳐라.
부끄럽거든 이제라도 용서를 빌어라.
바다가 노여움 풀고 회초리를 거둘 때까지.
바다가 잔잔해질 때까지.

*2017. 8. 23. *지구문학 2021 봄호.

물소리

물은 혼자서만 흐르지 않는다.
물은 언제나 이웃과 함께 흐른다.
물소리를 들으면 안다. 이웃을 앞세우고,
혹은 끌어안고, 허리에 붙들어 매며
거칠고 세차게. 때론 속삭이듯이 잔잔하게
물은 온갖 소리를 내면서 흐른다.
어느 땐 하늘의 생각조차 도맡고 있는지
세상 거리를 기웃거리는 사람에게 안부를 묻는다.
물은 제 하고 싶은 일을 참지 못한다.
어느 누가 길을 막고 둑을 쌓아도 오래 가지 못하고
둑은 이내 터지고, 홍수가 난다. 두렵구나,
제가 흐르는 물속엔 산이 내버린 돌이 굴러다니고
부잣집 마님의 장롱 속 보석들도 튀어나와 떠다닌다.
봄이면 산속에 꽃잎 터지자 새들이 즐거워하는 소리,
여름이면 장맛비 거칠게 지나며 소란 피우는 소리,
가을이면 나무들이 꿈을 접고 잎새 날리는 소리,
물은 이 소리 저 소리를 옆구리에 차고 거침없이 흐른다.
사르르, 쏴아, 졸졸졸, 후르르르, 너흘너흘,

거기엔 옛적에 고생하던 어머니의 한숨 소리도 숨어 있고,
아랫집 홀아비 아저씨의 속 터지는 소리도 숨어 있고,
한세상 허망하게 살다 간 이의 상여소리도 숨어 있다.
물은 울면서 웃으면서 저마다 깊은 사연을 안고 흐른다.
아침이면 처마 밑에 참새가 찾아와 머슴 노릇을 하며
창문이 찢어지도록 울어대는 그 소리도 들린다.
외롭고 고요한 날에 산기슭 냇가나 긴 강가를 찾아
물소리를 들으면 삼라만상의 이치를 깨닫게 되나니,
물은 그냥 흐르는 게 아니라 무슨 뜻을 품고 흐른다.

*2017. 11. 26. *국보문학 2018 10월호.

바람소리

바람은 잠시도 한곳에 머물지 못한다.
바람은 시샘이 많아 누구든 제 앞에 세우지 않는다.
언제든 남의 손발을 비틀고, 넘어뜨리고, 부러뜨리고,
혹은 옆구리라도 찌르고 나서야 맺힌 마음이 풀린다.
그때마다 나무든 풀이든 꽃이든 돌이든 혹은 짐승이든
바람과 만나는 것들은 언제나 이상한 소리를 낸다.
신음도 아니고 휘파람도 아니고 바람 소리는 더욱 아니다.
누군가 봉변당하며 무릎 꿇고 먹은 것조차 토하는 소리,
할퀴고 물리고 찢어지고 부러지며 흘리는 비명소리,
또는 억울한 소리, 원통한 소리가 귓전에 먹먹하고,
때로는 등 뒤로 내뱉는 비웃음 소리도 들린다.
세상 사람들은 모두 바람이 내는 소린 줄 알지만
그게 아니다. 바람은 절대로 소리를 내지 않는다.
아무리 불평과 원망이 쌓여도 묵묵히 입 다물고
바람은 오직 굽어진 세상 골목을 휘저을 따름이다.

*2017. 12. 6. *푸른문학 2018 봄호.

연꽃 풍경

– 전주덕진공원에서

그 시간을 헤아리자면 생의 절반을 잘라야 한다.
연못이 유달리 넓어서 놀랐다.
숨은 바람에 널따란 연잎들이 고요히 물결치고
한여름 거친 햇살의 눈총과 시샘에도 아랑곳없이
꽃대를 받쳐 들고 불쑥불쑥 솟아오른 연꽃들,
올림픽 성화처럼 활활 타오른 황홀한 불꽃.
꿈인가, 생시인가, 마음이 산란했다.
이 진기한 풍경을 사람들이 모를 리 없다.
어제의 부끄러움을 남겨두고 손도 씻지 않은 채
하늘을 가린 양산을 들거나 까만 안경을 쓰고
아침부터 부지런히 모여들었다.
모두가 연꽃처럼 보람찬 내일을 꿈꾸고,
혹은 널따란 연잎들이 물결치는 연못에 살며시 빠져
고달픈 몸과 때 묻은 맘을 맑게 씻고 닦으며
해종일 서성이다 저물녘에야 비로소
걱정을 털고 돌아섰다.
광장 한편으로 유명 시인의 조상(彫像)이 보였다.

*2017. 8. 4. *전주덕진공원시집(2017.10.)

빗소리

쏴아, 쏴! 사르르, 싸악!
비가 내린다.
천둥 번개가 뒤따른다.

얼마나 속상하면 그럴까?
하늘도 걱정되어 구름 속에 얼굴을 묻는다.
보라, 누구든 가슴에 맺힌 응어리가 터지면
지체할 수 없나니, 당해본 사람은 안다.

비는 천 리 밖에서도 단숨에 온다.
어느 땐 말 타고 허겁지겁 달려오고
어느 땐 바람 타고 잽싸게 날아온다.

저마다 울며불며,
이상한 소리를 지르며,
세상이 어지럽게 한다.

비는 아무 때나 울지 않는다.

세상살이 너무도 막막할 때,
길 잃은 사람들은 허공만 떠돌고
해도 달도 부끄러워 산 너머로 숨을 때,
비는 사람의 마을을 휘돌며 운다.
눈물이 마를 때까지 밤새워 운다.

*2017. 12. 9. *국보문학 2018 10월호.

가을맞이

잔잔한 햇살 찾아들면 되레 토라져 눕고
예쁜 꽃을 만나도 향내를 모르는 노경의 시간,
만지면 부서져 날릴 듯 위태롭고 허망하다,
기력을 찾으려면 산보다 나은 게 없다 하여
아침부터 산길에 나섰다가 감기를 얻는다.

나이 들수록 감기는 돌아설 길이 없는지,
한 주일, 두 주일, 한 달이 훌쩍 넘어도
약은 효력이 없고,
진료하는 의사와 마주하기 민망하여
병원에도 나서지 못한다.

그도 모르고 산은 또 부른다.
넓고 넓은 대지를 태우던 불같은 시절 물러가고
순한 바람 밀려들자, 길목엔 어느덧 코스모스,
백일홍, 들국화, 장미 등 낯익은 꽃들이
저마다 화려한 차림으로 반가이 맞아주고,
나는 감기도 잊은 채 신명난다.

이런 날만 있으면 얼마나 좋을까.
사람의 욕심은 끝이 없다.

*2017. 9. 21. *지구문학 2018 겨울호.

겨울 아침

가을 해가 서산을 넘고
서리 맞은 들판에 입동 소식이 나돌자,
눈치 빠른 나무들이 화가 나서
울긋불긋 몸을 붉히며 시위한다.

세상이 뒤집힌다고,
하늘이 꽁꽁 언다고,
지레짐작하며
사람들이 두려움에 떤다.

한순간이다.
겨울바람에 몰매 맞은 나무들은
어느새 가진 것 다 빼앗기고
벌거숭이가 된다.

보라, 혹한이 몰려온다.
북풍이 불고, 눈보라 치고, 폭설이 쌓이면
한 시절 짓밟는 대재앙이 닥칠지도 모르나니
문단속하고 마음을 굳게 다질 일이다.

*2017. 11. 4. *푸른문학 2018 봄호.

겨울꽃

겨울꽃의 으뜸은 눈꽃이어야 한다.
하늘에서 쏟아져 내린 눈이 하늘을 날며
나뭇가지에 앉으면 금세 별이 뜬다.
불같은 태양열을 받으며 별들은 낮에도 반짝인다.
눈은 언제나 소문난 천사이기에
문밖에 행운이 몰려든다.
바람 따라 집 떠난 자식이 돌아오고
저승 간 어머니의 소식도 올 것 같아
온종일 가슴 설렌다.

오늘도 창밖의 나뭇가지마다 눈꽃이 피었다.
찬바람 맞으며 꽃잎이 활짝 열린다.
세상은 벌써 꽃밭이지만, 염려도 따른다.
시절이란 한곳에 오래 머물지 못하는 까닭이다.
겨울이 꿈을 접고 돌아서면 흰 눈도, 흰 구름도,
찬바람도, 철새도, 꼼짝없이 남은 짐 챙겨 들고
줄줄이 뒤따르며 시베리아나 알라스카, 또는
더 추운 땅을 찾아 나서려니, 그때는
눈꽃도 사라지고, 그리움만이 산천을 휘돌리라.

* 2017. 12. 23. *푸른문학 2018 봄호.

눈 내린 새 아침에

또 한해가 서산을 넘는다.
겨울의 성품처럼 날씨는 여전히 차갑지만
그래도 눈 덮인 천지는 포근하다.
사는 동안 시끄럽고 떠들썩한 마을이
하얀 마음에 고요히 젖는다.

오늘도 새벽부터 눈이 쌓인다.
눈은 왜 내리는 것일까.
어둡고 힘든 세상 서로 싸우지 말고
손잡고 정답게 살라는 하늘의 당부일까.
가는 길 오는 길 늘 조심하고 천천히 걸으며
검고 흰 것을 구분하라는 하늘의 충고일까.
세상이 다 함께 기다리는 평창 올림픽도
멋지게 펼쳐보라는 응원의 신호일까.
오, 고맙고 즐겁구나.
독도가 일어서 깃발을 흔들겠구나.

눈이 어느덧 산자락을 휘감는다.

창밖의 산천이 여지없이 설국이 된다.
흰 눈 쌓이면 썰매를 타고 달리는 기쁨...
낯익은 캐럴이 아직도 남아서 길목을 적신다.
하지만 아무리 즐거워도 뛰지는 말 일이다.
매서운 강풍과 칼바람이 뒤따라올지 모른다.
기상청에선 벌써 몇 번이나 경고를 내렸다.
아는 길도 조심하면 후환이 없다.

눈은 언제나 세상을 하얗게 덮는다.
우리들의 때 묻은 마음을 깨끗이 씻어주고
조국의 평화와 번영도 불러들이지 않을까.
그래서 눈은 더욱 반갑고 그립다.
눈이여, 새해에도 펑펑 쏟아져다오.

*2017. 12. 21. *한국문학신문 신년시(2018. 1. 1.)

길에서

1. 산길

깊은 숲속에 든다.
속세를 떠난 하늘길 간다.
이 길을 누가 만들었을까?
깊어질수록 새롭게 열리는 세상.
나무와 숲, 새와 짐승들이
제 세상 만난 듯 날뛰고 활개 치며
만날 때마다 허리 굽혀 인사한다.
지나는 시간이 마냥 즐겁지만
미련한 사람은 알지 못한다.

2. 들길

이 길을 모르는 자 있을까?
나무는 날마다 열매로 춤추고
꽃은 향기로 노래하니,
태평성대로구나.

농부의 꿈이 바로 여기 있기에
일이 쌓이고 넘치지만,
헤쳐 나갈 용기가 없으면
알아도 나서지 못한다.

3. 마을길

길이 없으면 마을도 없고
세상 살아갈 일도 사라진다.
구불구불 굽이쳐도 얼마나 좋은가.
시도 없이 싸우고 넘어지는 통에
골목은 항상 시끄럽지만,
막걸리 한 사발이면 마음이 풀린다.
밤이 깊어 어둠이 길을 가로막으면
눈 밝은 사람은 하늘에 놀러 다닌다.

*2017. 10. 23. *들소리문학 2018 봄호.

5

(2016)

푸른 밭에서

내가 기른 밭이 하늘보다 푸르다.
남쪽에서 장마가 올라온다는 소식 들리자
작물들은 일과를 서두르며,
아침부터 꽃 피우고 열매 맺는다.

지난주엔 완두콩을 거두고
그 자리에 들깨 나무를 심었다.
어제는 감자를 캤다. 하지(夏至)가 오자
줄기들이 벌써 알고 두렁에 벌렁 누워버렸다.

밭은 두렁에서 장래가 보인다.
푸르면 푸를수록 희망이 솟는다.
주인은 신이 나서 날마다 땀 흘린다.

최대의 적은 풀이다.
자르고 뽑아도 꺾이지 않는 끈질긴 근성,
이 원수를 물리치려고 밤새워 궁리한다.
낫으로 줄기만 자른다면 또다시 살아날 테니

이젠 삽과 괭이로 뿌리를 캐어 하늘에 맡겨놓기로 한다.
하늘엔 해가 있으니 상대가 될 수 없다.
해거름도 되기 전 풀뿌리가 바싹 말라버린다.

내가 심은 곡식도 걱정 없이 자란다.
풍성히 거둘 가을을 기약하며.

*2016. 6. 20. *푸른문학 2016 가을호.

조숙하다

– 봄꽃

참을 수 없는 길이라 해도
너무 일찍 나섰다.

온몸이 속까지 아리고 쓰리도록
슬픈 대지에 아직도
잔병처럼 몰려드는 거칠고
세찬 바람들을 어찌 견디려고,

아무 준비도 없이
불쑥, 맨손 맨발인 채로
가는 곳마다
성큼 얼굴만 내밀고 있다.

철없는 아이도 아니면서
왜 그러는지,
해마다 고집을 꺾지 않는
깊은 사연을 묻노니,

본디 타고났느냐?

*2016. 5. 19. *계간문예 2016 가을호.

양귀비꽃

산길 모퉁이에서 양귀비를 만난다.
호기심 많은 새가
어느 정승댁에서 물어다 심은 씨앗이
용케도 싹 틔웠을까?
처음엔 그 꽃을 몰랐으나
선홍빛 꽃잎이 너무 해맑고 시원하여
지나는 이에게 물었다가
그 꽃도 모르냐고 되레 무안만 당했다.

양귀비꽃이로구나!
과연 절색이로구나!
소문만 들어도 야릇한 그 꽃을 두고
지나는 사람마다 입을 다물지 못한다.
옛날 옛적 진시황 때 흘러온 전설이지만
아직도 그를 잊지 못하고,
바람기 없는 점잖은 사람조차 마음 설레고
밤마다 가슴이 두근거린다.

*2016. 6. 22. *지구문학 2016 가을호.

감자밭에서

감자밭에서 일하면 재미가 난다.
심은 지 석 달도 안 되는데
다 살았다고 벌렁 드러눕는다.
4월 초순 착한 날 받아 심은 씨앗이
6월도 끝나지 않은 하지(夏至)가 되자
벌써 늙어서 돌아갈 차비를 한다.

감자는 몸이 씨앗이다.
몸을 잘라서 땅에 묻으면 싹이 돋는다.
싹은 제 몸을 먹고 마시며 신나게 자란다.
하지가 되어 감자 두렁을 헤쳐 보면
애초의 몸뚱이는 썩어 문드러지고,
주위를 에워싸고 크고 작은 감자알들이
서로 몸 비비며 지나온 일과를 계산한다.

감자가 몸이 좋다는 것은 소문났지만
자라는 모습을 보면 신통하기 그지없다.
어미 떠난 자리에 대를 이은 자손들이

황금 같은 알을 품고 세상에 널려 있느니,
한 알이 썩으면 많은 열매를 맺는구나.*

*성경 말씀(요12;24) 인용.
*2016. 6. 21. *계간문예 2016 가을호.

숲길

숲길은 길 떠난 자들이 모인다.
하늘 떠난 바람과 구름이 모이고
집 떠난 사람들이 모이고
꿈 없는 짐승들이 모인다.
살아도 목숨 같지 않은 벌레들이
맘 놓고 자리를 펴고,
총명한 새들이 기웃거리며 감시한다.

숲길은 외로운 자들이 모인다.
아무도 곁에 서는 이 없고,
뒤따르는 그림자조차 없고,
텅 빈 가슴에 그리움만 차고 넘칠 때
숲길은 손잡고 위로하는 동무가 된다.
어제도 오늘도 그 길을 가려고
새벽부터 줄을 잇는다.

숲길은 그윽한 사랑이 모인다.
사랑은 고요한 숲길에서 깊이 잠든다.

그를 위해 산에는 나무와 꽃들이 모이고
들녘에는 작물과 풀들이 모이고,
마을에는 사람과 짐승들이 모인다.
그들이 숲을 이루면 어느새 길이 나고
사랑은 밤낮없이 반들반들 윤기가 난다.

숲길은 오로지 숨어서 꿈꾼다.
비좁고 어둡기는 하지만
숲길은 언제나 향기가 진동한다.
누구나 지나가도 막아설 줄 모르고
온유와 화평만이 오롯이 숨 쉬나니,
어서 숲길로 가자.
우리 모두 그곳에서 춤추며 살자.

*2016. 6. 1. *들소리문학 2016 겨울호.

바람

누가 바람을 보았는가.
바람은 어디서나 남몰래 지나칠 뿐
제 얼굴을 보이지 않는다.

그래도 바람은 수많은 이름을 달고 산다.
스쳐 가는 방향을 좇아 지은 듣기 좋은 이름부터
성질 따라 부르는 이름까지 바람은 다양하다.

그 바람이 오늘도 소리 없이 길가에 분다.
벌써 몇천 번은 내 몸을 스쳤을 것이다.
그와는 평생을 그렇게 지내오지만
여태껏 손 한 번 잡지 못했다면 누가 믿을까.

길가의 나무가 엉뚱하게 흔들린다거나
발밑에서 휴지가 금방 날아가는 모습을 보면
웬만큼 짐작은 가지만, 그래도 짐작일 뿐
장담할 수 없다.

바람을 생각하면 사람 일도 알 수 있다.
돌아가는 꼴이 바람과 영락없이 닮았다.
길 가다 무엇에 홀리듯이 넘어진 사람이나
살아갈 용기도 없이 하릴없이 떠도는 사람을 두고
어찌 바람이 아니라고 하랴.

하지만 할 일은 밀쳐두고, 이나 저나 나서서
이 핑계 저 핑계 내세우며, 잘못된 일마다
바람 탓으로만 돌릴 순 없다.
얼굴이 안 보인다고 함부로 누명만 씌우다간
되레 큰 벌을 받을지도 모른다.

*2016. 6. 16. *문학춘추 2016 겨울호.

공해

– 비 내린 후

먼 산이 눈앞에 서 있다.
티끌 하나 없는 하늘이 두려운지
어디서 새 한 마리 날지 않는다.
쫑긋쫑긋 귀만 세운 나무들이
홀쭉한 제 몸에 파란 물감을 뿌린다.
푸르게, 더 푸르게,
살다 보니 이런 날도 있다고
나무들이 일어서 손 흔들며 환호한다.
하나 두고 보라. 눈 뜨고 보라.
어젯밤 일기예보는 빗나갔지만
어둠이 다시 실수하지 않으면
밤새워 황사 바람 미세먼지 몰려오고
수상한 까마귀 떼 날아들고
돌아갈 건 돌아가기 위해
보따리 싸 들고 제 길을 떠나면
텅 빈 자리엔 구름 안개 비바람 천둥 번개
하늘까지 늘어선 가시 돋친 풀
새벽부터 줄줄이 눈 비비며 들어서리니,

세상은 또 서러워지고
살아남은 자들은 지쳐 늙고 말리라.

*2016. 7. 6. *계간문예 2016 가을호.

가시나무

가시나무는 줄곧 가시를 안고 산다.
설령 어느 가지에 꽃이 핀다 한들
바보가 아니라면 자랑하지 않는다.

무슨 원한이 얼마나 맺혔기에
하루도 거르지 않고
몸에 줄곧 가시만 기른다.

네 원망이 하늘을 찌른다 한들
세상이 달라지랴.

가시나무야, 가시나무야,
바람 불거나 비 내리거든
창밖에 마음을 날려버려라.

남들이 다시는 가시에 찔리지 않도록.
네가 두려워서 잠 못 드는 일 없도록.

세상은 너만이 서러운 게 아니려니,
강 건너 돌밭을 보면 알리라.

*2015. 2. 9. *문학사계 2015 여름호.

산에서

산이 길을 막으며
위를 올려다보라고 한다.

해든 별이든 어느 것이든
큰 것을 훔쳐다가
가슴에 심으라고 한다.

비바람 골백번 몰아쳐도
허리 굽히지 말고,
꽃가지 꽃향기 문 앞에 첩첩이 쌓여도
돌아보지 말고, 궁색하게
힐끔거리지도 말고,

당당하게 살라고 한다.
옷가지 한 올도 흐트러짐 없이
오로지 꼿꼿이 살라고 한다.

그러면 더불어 산이 되는가.

산이 오늘도 내 앞에 와서
간절히 당부한다.

*2015. 8. 1. *문학춘추 2016 겨울호.

숲에서

산에는 숲들이 모인다.
말없이 서로 어깨를 맞대고
밤낮으로 해와 달을 마주 보며
천년의 전설을 만든다.

우뚝 솟은 산마루나 산마루를 돌아선 산모롱이
울퉁불퉁한 산기슭이나 산기슭을 내려온 산언덕
그 어디나 나무와 숲들이 뿌리를 내린다.
소나무 잣나무 전나무 밤나무 버드나무 오동나무
우뚝 솟은 나무부터 산수유 철쭉 진달래 패랭이꽃
낮고 작은 나무까지, 혹은 이름 모를 풀까지,
골고루 섞이어 즐겁게 산다.
보이지 않아도 오가는 세월을 어찌 아는지
철 따라 어김없이 잎 피고 꽃피고 열매 맺고,
새와 짐승들이 찾아들며 놀이터로 삼는다.

산 아래의 마을엔 생명을 기르는 시간이 숲을 이룬다.
숲이여, 아름다운 숲이여, 평화로운 숲이여,

지혜로운 자는 숲 그늘 깊은 곳에 쉼터를 짓고
일기를 쓴다. 훗날 자손에게 전해줄 세상일들.

*2015. 7. 30. *문학춘추 2016 겨울호.

짐승의 버릇

산 밑에 밭을 일구고 씨앗을 심는 날,
나뭇가지에 앉은 새의 눈빛이 빛났다.

다음 날 아침, 서둘러 나가 보니
밭은 이미 초토화되고,
씨앗은 새의 먹거리가 되고 말았다.

대낮에 심장도 빼앗는 세상인데,
그를 불러 호통을 친다 한들
들은 시늉이나 하랴.

*2016. 6. 17. *푸른문학 2016 가을호.

6

(2014~2013)

아침 햇살

이른 봄 울타리마다 활짝 웃는 개나리,
온 산을 울긋불긋 휘젓는 진달래, 철쭉,
오는 길이 즐거워서
온몸을 불태우는.

머무는 자리마다 하릴없이 텅 빈 시간,
남은 일 버려두고 뒷짐 진 낯선 얼굴,
가는 길이 서러워서
참새 떼 울어대는.

거죽만 남은 곳에 힘줄을 돋아주고
그늘져 맺힌 곳에 빛살을 쏟아주며
길마다 넘쳐나던
어둠을 눕게 하는.

*2014. 3. 15. 초고. *들소리문학 2015 봄호.

봄볕

지나간 일들이 꿈만 같다.
끝없는 마음은 한 줌 안으로 줄어들고
비곗살처럼 통통 부풀어 오르던 몸뚱이조차
꽝꽝 언 얼음장 되어 눈앞이 아득한 시절이
무려 한 철이나 줄곧 이어지더니,
어디로 갔느냐? 하늘이 내려다본 줄 알고
그게 두려워 벌써 달아났느냐?
이때가 오리라고 설령 믿었다 한들
이렇게 기막힐 줄 누가 알았겠느냐?
저승서 온 바람은 소리 없이 저승에 되돌아가고
거리마다 수줍고 애잔한 네 얼굴이 널려 있다.
보이지 않는 꿈들이 오롯이 꿈틀댄다.
하지만 그게 무슨 대수랴.
어느 날 누군가 또다시 흉기 들고 다시 찾아와
가진 것 다 훔치고 몸마저 빼앗아간들 어찌 막으랴.
그래도 너는 언제나 반짝 빛나는 영롱한 눈빛.
눈만 뜨면 기다리는 우리들의 영원한 그리움.

*2014. 2. 20. *저작인 2014 3월호.

자연의 조건

- 자연은 목적 없인 아무 일도 안 한다(아리스토텔레스)

밤꽃이 피자 장마가 왔다.

늦은 봄날 잎보다 먼저 핀 꽃들이 성급히 지고 버들꽃과 아카시아꽃이 잠시 길을 어지럽힌 다음 장대 끝에 매달린 기나긴 햇볕에 졸고 있던 바람이 나뭇잎 늘어진 밤나무 가지에 편안히 걸터앉아 무슨 재주를 부리는지 한바탕 소란을 떨자 밤나무는 뒤늦게나마 꽃을 피우기 시작하고 어딘가 숨었던 벌 나비들이 활개 치며 날아들더니 그새 며칠도 안 지났는데 마음은 벌써 늙어 나뭇가지에 백발 같은 서리가 고요히 내려앉고 파란 하늘에 희뿌연 황사가 일장의 장막을 치자 밤꽃은 겁먹은 애들처럼 슬금슬금 뒷걸음치다가 마침내 질펀한 땅바닥에 벌렁 누워버린다.

나도 한 번은 미치고 싶다
너의 운명을 뒤집고 싶다

며칠 후 성질 급한 장마가 허겁지겁 몰려와서 문밖을 서성이며 긴 밤을 뜬눈으로 지새우다가 새벽같이 달려온 해를 보고 물러서라고 호통치며 새까만 먹물을 뿌려대자 별안간 뒤통수를 맞아버린 해는 허둥지둥 하늘가 허공만을 떠돌고 땅에 떨어져 누운 밤꽃은 비릿한 냄새를 풍기며 꾸물꾸물 지렁이같이 징그럽게 되어 부끄럽지도 않은지 천연덕스레 얼굴을 내밀며 온종일 우물쭈물 능청을 떨다가 어느 발에 밟혔는지 숨통마저 끊겨 이승 밖으로 사라져 버렸느니 보라 내일은 누구나 자신할 수 없는 것 숨었던 해가 간신히 서산을 넘자 저녁 하늘이 빨갛게 물든다.

밤꽃이 지자 장마도 갔다.

*2013. 6. 17. *동리목월 2015 가을호.

나무

나무는 하루도 꿈을 잃지 않는다.
누가 나서서 도와주지 않아도
나무는 스스로 알아서 제 일을 한다.
아침이면 하늘에서 내려온 이슬로 세수하고
떠오르는 해를 보며 내일을 꿈꾼다.
나무는 오가는 시간이 보이지 않아도 걱정 없이
오로지 땅의 질서와 규칙에 따라
하늘이 내린 온전한 순리에 따라
한 치의 오차나 한 번의 실수도 없이
때를 찾아 잎 피고 꽃피고 열매 맺는다.
아름다운 숲과 향기로운 꽃과 달콤한 열매가
가난한 세상을 살찌고 풍요롭게 한다.
남들이 부러워서 산으로 들로 몰려든다.
새들이 날아와 가지 위에 앉아 휘파람 불고
바람들이 몰려와 나뭇잎을 흔들며 즐겁게 논다.
삶에 지친 사람들이 그늘에 모여 피로를 푼다.
나무는 오직 정의롭고 아름다운 꿈만 꾼다.
나무는 저를 믿는 자에게 희망을 준다.

*2014. 6. 8. *들소리문학 2014 여름호.

대꽃 옆에서

대나무꽃을 보았다.
남들은 천년이 지나도 못 본다고 하던데
내겐 그런 세월도 어느덧 스쳐 갔는가.
시골집 뜨락 한 귀퉁이에 심어둔
대나무에서 별안간 꽃이 피었다.
손가락만큼 가는 대나무 매듭 사이에서 오롯이 돋아난
꽃봉오리가 비눗방울처럼 방울방울 맺혀 있다.
이게 꽃인가, 의심하지 않을 수 없도록
작은 꽃, 그래도 대꽃이다!
아내가 아침부터 자지러지게 놀란다.
천년 만에 피었단다! 내가 덩달아 소리친다.
천년이 지나도 보일 둥 말 둥 숫은 자존심,
그 높은 고집을 꺾고, 어찌 마음을 열었는지,
하늘이 내렸는지, 혹은 조상님이 보냈는지,
늙어도 바르지 못한 내게 왜 이리 큰 선물이 왔는지,
그게 궁금하여 못 견딜 지경이다.
대나무여! 순결한 자연이여! 간절히 부탁하느니,
다시는 내 곁을 떠나지 말아다오.
오로지 내 곁에서, 꼿꼿이 사는 법을 가르쳐다오,

*2013. 8. 8. *들소리문학 2016 겨울호.

새

새가 숲에서 놀고 있다.
나뭇가지와 잎 사이를 오가며 노래 부르고
날개를 퍼덕이며 놀고 있다.

누가 나서서 거들어주지 않아도, 혹은
사람들이 오며 가며 손뼉 치지 않아도
저희끼리 춤추며 즐겁게 놀고 있다.

그래도 새는 겁쟁이다.
사람이 가까이 가면 저를 해칠까 두려워
어디론지 숨어버리고,
바람이 나뭇가지를 흔들면 떨어질까 싶어
항상 달아날 준비만 한다.

새는 누구를 위해 살까.
누가 밥도 주지 않는데 무엇을 먹을까.
있으면 먹고 없으면 굶으며 그렁저렁 지낼까.
그래도 불평 없는 게 신통하다.

새를 보면 조금도 가엾지 않다.
산마다 널려 있는 나무와 숲이 그러하듯
새는 그저 새일 뿐이다.
땅에 사는 자연일 따름이다.

*2013. 7. 9. *들소리문학 2014 여름호.

비

비가 귀한 줄 모르는 세상이다, 하늘 높고 햇빛 맑아 기분 좋은 날, 밖에 나갔다가 행여 비라도 한줄기 내리면, 침 뱉고 돌아서는 사람 많다. 얼마나 무지한 일인가. 그래서 비는 이내 화났을까. 어느 날, 비가 슬며시 몸을 감추자 날이 차츰 가물고, 멀쩡한 땅이 갈가리 찢어지고, 산과 들에 사는 나무와 숲, 논밭에 심은 오곡들이 말라비틀어진다. 사람의 마을엔 바야흐로 걱정이 몰려든다. 세상 물정 모른 사람들은 아직도 제 잘못을 모르고, 하늘에 삿대질하며 시위한다. 어떤 이는 밥도 안 먹고 땅바닥에 드러눕는다. 그래도 비는 모른 척하며 뒷짐 진다. 사람들은 숱한 밤을 뜬눈으로 지새우고 난 뒤에야 비로소 깨닫기 시작한다. 비가 얼마나 귀중한가. 비가 얼마나 소중한가. 다시금 깨닫는다. 비는 만물을 기르는 생명수였다. 사람들이 뉘우치며 눈물까지 흘리자, 마음 약한 비는 저들이 가여워서 마음을 푼다. 파란 하늘가에 구름이 몰려들고 천둥 번개가 번쩍이며 기염을 토하더니, 이윽고 비가 내린다. 주룩주룩! 주룩주룩! 황금 같은 물이 밤새도록 쏟아진다. 비가 넘쳐서 마침내 홍수가 나도 마을 사람들은 아무 불평이 없다. 되레 동구에 몰려나와 덩실덩실 춤춘다. 하지만 오늘이 지나면 달라지리라. 그간의 기억을 말끔히 잊고, 또다시 딴 사람 되어 비에게 침 뱉고 나서리라. 두고 보라, 한두 번 겪은 일이 아니다.

*2013. 7. 9. 초고. *들소리문학 2014 여름호.

토마토

토마토는 과일 중 과일이다.
수줍은 처녀처럼 불그스레한 볼때기도 귀엽지만
꼭대기에 별처럼 수염을 단 것도 예사롭지 않다,
식품의 귀족임을 암시하며 뽐내는지도 모른다.

토마토가 명물임은 의심할 여지 없다.
남미 안데스산맥에서 발카밤바 인들이 기르고 장수했다는
그는 황산화작용을 하는 리코펜 성분이 풍부하여
암 예방효과에 탁월하고, 인체에 유익한 성분이
골고루 들어있는 영양의 보고라고 한다.
전문가들의 칭찬에 귓전이 시끄럽다.

시골에 내려오자 텃밭에 토마토를 심었다.
무더운 여름, 장맛비가 내리자
토마토는 하루가 다르게 무럭무럭 자랐다.
주먹만큼 큰 열매들이 가지가 휘어지게 주렁주렁 열렸다.
이만큼 장한 토마토를 사흘 걸러 한 상자씩 딴다.
혼자 다 먹을 수 없어 이웃사촌에게도 나눠주고,

잘 익은 것은 한곳에 남겼다가 아들네 집에 보낸다.

점심은 토마토로 때운다.
큰놈은 한 개, 작은놈은 두 개면 족하다.
자고 나서 혈당수치를 재어보고 놀란다.
평소보다 낮은 수치로 뚝 떨어져 있다.

*2013. 7. 21. *푸른문학 2021 봄호.

아기똥풀꽃

아기똥풀꽃이 노랗게 피었다.
엄마 품에서 잠자던 아기가 금세 싸놓은 똥이
가슴에 꼬옥 안고 싶도록 귀여운 꽃이 되어
무더운 여름 들녘을 수놓고 있다.
날씨가 사나워 문밖에 나서지 못하는 날에
황금처럼 빛나며 저 홀로 꿈꾸고 있다.

아기똥풀꽃이 정겹게 피었다.
한평생 올곧게 사신 스승의 고고한 모습이나
윗마을 정승 집 마님의 청초한 모습처럼
보기만 해도 즐거워지는 아름다운 꽃들이
뙤약볕 쟁쟁한 들길에 줄줄이 서 있다.
그래도 주위가 한가한 걸 보면
아직도 너를 모르는 사람이 많은가 보다.

*2013. 8. 25. 문학춘추 2016 겨울호.

벌레 소리

시골에 살면서 숲속에 들면
자주 들리는 벌레 소리,

시도 때도 없이 울어대는
그 소리가 하도 시끄러워서

멀쩡한 귀조차 떼어다가
창밖에 내던져 버렸지만

그 소리가, 정작 그 소리가
삶을 찬미하는 노래인 줄 몰랐구나.

한 치를 모르는 내가 부끄러워서
다시는 문 밖에도 나서지 못하겠구나.

*2013. 9. 1. *들소리문학 2013 가을호.

쑥

이른 봄, 산이나 들에 가면 자주 만난다.
산골짜기나 논두렁 밭두렁 어디에 가든지
쑥은 제 맘대로 뿌리를 내리며 군락을 이룬다.
밟으면 일어서고 자르면 다시 움이 돋고
뿌리를 뽑으면 울화가 나서 더욱 뿌리가 돋는다.
쑥은 힘이 세어 장사도 당할 수 없다.

쑥이 얼마나 우리에게 귀중한 것인지
세상엔 모르는 사람이 많다.
쑥은 영양이 풍부하고 약 성분까지 두루 갖춘 신비의 약초다.
중국 진시황이 찾은 불로초가 바로 쑥이라는 설도 있다.
건강이 걱정되거나 실제 몸이 아픈 사람은 당장 쑥이다!
쑥을 찾아 나설 일이다.
차로 끓여서 마시거나 떡으로 빚어서 먹거나
상처에 짓이겨 바르거나 불태워서 연기를 쐬거나
어디에 어떻게 쓰든 효험을 본다고 한다.
쑥이 만병을 다스린다는 말도 전한다.

그래도 쑥은 잘난 체하지 않는다.
어디든 흔하게 널려 있지만, 쑥은 귀한 것보다 귀하다.
흔한 것이 귀해야 세상은 오로지 평화롭다.
하늘은 이 진리를 깨우쳐주려고, 아침마다 해를 데려와
안 간 곳 없이 들판을 샅샅이 누빈다. 쑥을 찾아서,
쑥을 위하여 해가 온종일 뜨겁게 달아오르게 하며
흔한 것들이 더욱 귀하게 자랄 수 있도록 응원한다.
쑥이 오늘도 쑥쑥 자라는 걸 보면 짐작할 수 있다.

*2014. 5. 3. *푸른문학 2021 봄호.

설마

봄이 오자 서둘러 밭에 심은 씨앗,
그게 땅에서 움틀 땐 반드시 풀과 함께 온다.
어느 게 풀이고, 작물의 씨앗인지
어린 싹만 보고선 구별하기 어렵다.

설마는 이때 어김없이 찾아든다.
새벽부터 일터에 나선 농부는 경험한다.
밭두렁에 쫑긋쫑긋 돋아난 새싹 중에서
어느 게 진짜일까? 설마 그조차 모를까?
농부는 오만한 자신을 믿으며
겉보기에 예쁜 놈만 남겨두고
다른 놈은 몽땅 뽑아버렸다.

설마가 사람 잡는다고 한다.
진짜와 가짜가 바뀐 줄도 모르고
진종일 땀만 흘렸다.
새벽부터 일한다는 게 목숨 줄이 걸린
귀중한 작물만 죽이고 말았구나.

가짜는 언제나 힘이 세다.
풀을 이기는 자는 없다고 하지만
그에게 목숨까지 내놓을 수는 없다.
그러려면 앞뒤를 살피는 일이 중요하다.
설마 하다가 뒤통수 맞는 일 없도록
조심할 일이다. 또다시 죽는 일 없도록.

*2014. 6. 28. *문학사계 2014 가을호.

저수지에서

– 물의 뜻

과연 물이로구나.
함께 오던 세월과 바람 먼저 보내고
너 홀로 둑 안에 편안히 누웠구나.
저무는 세상을 모른 체할 수 없고
붙잡는 사람 뿌리칠 수 없어
눈 질끈 감고 쉬어가기로 작정한 모양이구나.
본디 네가 있어 문명은 어느덧 장대하고
숨 쉬는 생명도 자자손손 이어져 오는데,
고마운 줄도 모르고 아직껏 떼를 쓰고
함부로 짓밟으며 소란을 피우는 자들 많구나.
오늘이 또 무슨 잔칫날이나 되는 줄 아는지
햇빛이 소리 없이 내려와 황금물결을 이루고
물새들 날개로 돛을 달고 뱃놀이를 하는구나.
그래도 너는 잠자코 구경만 하는구나.
세상 것 모두가 밤낮없이 돌아서 흩어지지만
너만은 억만년 지나도록 한 발도 물러서지 않고
만물을 기르는 생명의 근원으로 오롯이 남아
숨은 듯이 몸 낮추며 낮은 데로 흐르나니,

제 몸밖에 모르는 철부지들이 너의 뜻을 어찌 알랴.
용서하라. 용서하라.

*2014. 9. 6. *문학사계 2014 겨울호.

물의 노래

물을 다시 만난다.
세상은 모두 서툴고, 미련한 자는 길이 막히고,
그 길에선 밤새도록 꼬리가 긴 늑대가 운다.
아침이 되어도 햇빛은 들지 않고,
만성 질환에 걸린 사람들이 방구석에 누워
신세타령하며 한숨만 몰아쉰다.

그곳에 바로 물이 있다.
물은 언제나 흔하고 어디나 널려 있다.
고달픈 세상에 물마저 없으면 어찌 될까.
생각하면 아득하지만, 저를 헤아릴 겨를조차 없다.
다만 물은 세상에서 가장 낮은 자 되어
오로지 사람들의 발아래로 내려앉고,
길 잃고 목마른 자에게 생명수를 전한다.

물은 항상 고마워라.
사람의 손발이 더러울 때면 손발을 씻어주고,
남은 물은 개울가를 흐르며 풀들을 보살핀다.

나무도 꽃도 모두 그렇게 자란다.
먼 훗날 천지가 망하여 해와 달과 별이 떨어지고
바람과 구름이 사라져도 물은 남아 있을까.
물이여! 세상에서 가장 귀중한 존재여,
위대하구나. 네가 없인 한시도 살 수 없나니,
세상 만물을 네가 기르는구나.

*2014. 9. 27. *들소리문학 2014 겨울호.

늪에서

길이 지척에 있어도 저승보다 멀다.
눈 감고 썩은 것들은 여기에 다 모인다.
그 곁에 잠시만 머물어도 숨이 막히고,
그 속에 한 번 빠지면 돌아올 수 없는 줄 안다.
이만한 절망은 없으니, 어찌 두렵지 않으랴.
하지만 그것만이 옳은 것은 아니다.
단지 모르고 짐작하고 넘겨짚을 뿐이다.
보라, 그곳에 뿌리내린 갈대는 오늘도 무성하고
온갖 풀과 숲들도 저마다 자태를 뽐내며 우거지고
정갈하기로 소문난 연꽃마저 한구석에 모여
편안히 꽃피우고 황홀한 향기도 내뿜는다.
평생을 여기 갇혀 흐린 물만 먹던 고기떼들도
불편하지 않은지 되레 몸집을 배로 늘리고,
멀리서 소문 듣고 날아온 새들도 희망을 품고
숲에다 둥지 틀고 꽃잎에 입 맞추며 즐겁게 산다.
어쩌다 총명한 어부가 그곳에 투망하면
그물에 가득 싱싱한 꿈들이 팔딱거리며 떠오른다.
그래, 축복은 언제나 낮은 곳에 임하느니

하늘의 이치를 우리는 아직도 깨닫지 못한다.

*2014. 7. 16. *순수문학 2014 9월호.

7

(2021～2020)

시인의 산문

물소리

이런 소리를 듣기는 처음이었다. 그날따라 폭우가 내렸다. 평소엔 고요하던 밤이 물소리로 갈기갈기 찢어졌다.

2004년 아름이었던가?

오현스님 계시던 강원도 인제의 백담사에서 하룻밤을 머문 일 있는데, 그때의 일이다.

산골짜기에서 갑자기 밀려온 빗물이 개울을 넘쳤는데, 물소리가 어찌나 요란했던지, 한잠도 못 자고 뜬눈으로 지새웠다.

이게 대체 무슨 소리인가?

— 우르르, 팍팍, 싸아앗, 휘익, 짝짝짝, 하하핫.

하늘이 내려앉는 소리, 산이 갈라지는 소리, 바위들이 굴러다니는 소리, 군중들이 몰려들며 환호하는 소리, 손뼉 치는 소리, 휘파람 부는 소리...

충격에 빠져 잠은 못 이루었지만, 이상하게도 피곤하지 않았다. 내 가슴에선 벌써 생각지도 않은 시가 얼굴을 솟아오르며 꿈틀댔다. 〈물소리〉였다.

어느 산사에 갔다가 잠은 못 자고
물소리만 들었다.

떠나는 것들이 몸 씻고 일어나
더 깊은 적멸에 이르는
웃음소리. 휘파람 소리.

사라지는 일에도 때로는
이만큼 큰 기쁨이 있다.

어느 산사에 갔다가 아침에 보니
하늘과 땅은 그냥 남았는데
어제 함께 온 친구가 없다.

'사람' 연작시를 오랫동안 써온 탓인지, 무슨 일이든 특별하게 보이면 '사람'과의 관계를 앞세운다. 산사에 가서 우연히 겪은 한갓 자연 현상을, 이번에도 운명의 울타리 안에 가둬버렸다.

하긴 사람과 관련 없는 일이 어디 있던가? 이 시는 실제 경험이고, 아닌 곳은 마지막 구절뿐이다. 한데도 나는 마지막 구절에 미련을 주며, 엉뚱한 상상조차 한다.

그 친구는 어디로 떠났을까? 살아남을 온전한 길을 찾았을까? 상상이란 경험이 따를 수 없는 문학의 요체요 정신이라는 걸 다시금 깨닫는다.

이 시는 춘천의 '북한강 문학공원' 한구석에 시비로 세워져 있다.

*2020. 3. 17. *문학의집 서울.

"이 또한 지나가리라"

요즘 코로나19 팬데믹 때문에 세상이 이상해졌다. 어디 가나 사람의 얼굴은 없고, 마스크만 보인다. 참으로 별난 세상이 되었다.

문밖은 어디나 공포의 대상이다. 사람 모이는 곳엔 어디든 나설 수 없고, 누구도 함부로 만날 수 없다. 구경하고 싶은 곳이나 먹고 싶은 음식점도 마음대로 못 간다. 굳이 가려면 먼저 체온을 재고, 죄지은 사람처럼 방명록에 기록해야 한다.

소소한 일도 그러한데, 더 큰 일, 이를테면 친척의 결혼식이나 부모가 누워 계신 양로원 등에는 어떻게 가야 하나? 삶에 비상이 걸렸다. 정부의 질병관리청은 아침마다 방송에 나와 어제의 확진자 수를 세고 대책을 보고한다.

벌써 해를 넘겼지만, 달라진 게 없다. 얼마 전엔 치매를 앓던 친구의 부음을 듣고도 빈소에 가지 못했다. 정부의 비대면 정책 때문이다. 되레 그쪽에서 먼저 오지 말라고 당부했다. 장례를 가족끼리 치른다는 소식에 마음이 짠했다. 그런 일은 어디서든 그랬고, 이제는 새로운 풍속도가 되어버렸다.

문제는 아직도 내쫓을 방법이 없다는 것이다. 믿을만한 건 백신뿐인데, 그조차 넉넉하지 못한 모양이다. 다행히 우리나라는 백신이 속속 들어오고, 정부도 이참에 집중적으로 투여하여 역병의 고삐를 당길 듯하지만, 그 역시 만만찮아 보인다. 오히려 변이바이러스까지 나타나며 불안을 부추긴다. 거기다 백신을 맞고 고생했다는 말이 나돌자, 한발 뒤로 물러서며 의구심을 갖는 사람도 생긴다.

그래도 맞아야 한다는 판단 아래 주민센터에 접종을 신청했다. 당연히 맞아야지. 의심하면 안 되지. 어쩌다 상처가 나더라도 참아야지. 그래서 기어이 내쫓고 마스크를 벗어야지.

접종 시간에 맞춰 장소를 찾아가니, 많은 사람이 몰려와 접종을 기다리고 있었다. 행사 준비도 철저히 했다. 문밖에 대기한 안내원부터 컴퓨터 앞에서 기록하는 진행원, 의사를 보조하는 간호원, 주사기를 든 의사, 그리고 혹사라도 사고가 나면 환자를 실어나를 소방서 직원까지, 모두가 제 역할을 따라 질서 있게 진행했다.

목에 순번표를 걸고 안내원을 따라다녔다. 백신을 맞는 시간은 잠시였다. 언제 바늘을 꽂았는지도 모를 정도로 빨리 접종을 마치고, 대기소로 옮겨 한참을 기다렸다. 이상

증상이 없는지 확인하는 시간이다. 별다른 이상이 없자, 집으로 돌아왔다, 미리 사놓은 체온기로 체온을 재어보니 열은 오르지 않았지만, 혹시 몰라서 해열제를 먹었다. 안정을 취하라는 의사의 지시대로 꼼짝않고 침대에 누웠다. 나는 어느덧 겁쟁이가 되었다.

코로나는 유사 이래 가장 큰 역병이라고 한다. 세상을 넘어뜨리려고 작정하고 나선 악마 같다. 하지만 아무리 그렇다 해도 한갓 역병에 불과하다. 그로 인해 세상살이에 일시적 고통이나 지장은 줄지언정 세상이 망하지는 않는다.

그러기에 세월은 흐른다. 산 넘고 물 건너며, 오늘의 시간을 흘려보내고 내일의 시간을 불러온다. 살다 보면 좋은 일과 나쁜 일이 겹치듯이, 세상살이란 그만큼 우여곡절을 겪기 마련이다. 분명한 건 무엇이든 시작이 있으면 끝이 있다는 것이다.

그래서일까? 다윗왕의 '반지' 에 새겼다는 솔로몬의 글귀가 떠오른다.

"이 또한 지나가리라."

*2021. 6. 19. *창조문예 2021 8월호.

실개천의 송사리

시골에 살다가 아들에게 등 떠밀려 서울로 옮겨 온 지 반 년이 넘었다.

사방이 트인 시골의 자연 속에 살다가 비좁은 도시에 오니 답답하기 그지없다. 근처에 조그만 공원이 있어 그나마 다행이다.

처음엔 공원 주위를 돌다가, 길 건너의 개천으로 발길을 옮겼다. 도봉산 인수봉의 산기슭에서 흘러왔을까? 물길이 실개천을 이루며 중랑천을 거쳐 한강에 모인다고 하는데, 그래선지 "시작은 미미하지만 나중은 창대하리라"는 기대를 갖게 한다.

깊어야 무릎도 못 적실만큼 수심이 얕지만, 그래도 물이 끊임없이 흐르고, 냇가로 개망초나 강아지풀이 생뚱맞게 꽃 피운다. 그밖에 쑥부쟁이, 싸리, 갈대, 또는 이름 모를 풀들이 들쑥날쑥하며 남은 틈새를 채우는데, 신기하게도 근처에 송사리들이 많이 모인다. 어린애 손가락만큼 작은 송사리들이 몰려다니며 평화롭게 논다.

그런데 걱정이 생겼다. 봄날이 깊어지자 어디서 왔을까? 청둥오리와 백로와 두루미가 살며시 얼굴을 내밀었다. 송사리 때문이다. 말이 쉬워서 송사리라고 했지, 그 속에 붕어새끼나 잉어새낀들 살지 말라는 법 없다. 어쨌든 청둥오리나 백로나 두루미에겐 그만큼 좋은 먹거리는 없을 터다. 처음엔 한두 마리가 보이더니, 차츰 늘어나서 여름에 접어들자 열 마리도 넘게 몰려왔다. 그들은 사람이 곁에 와도 아랑곳하지 않고, 보초병처럼 냇가 여기저기에 지켜서서, 목을 길게 빼고 주둥이를 내밀며 송사리가 나타나기를 기다렸다.

"다 잡아먹어 버렸네!"

뒤에서 누군가 불만스럽게 볼멘소리로 투덜거렸다.

아닌 게 아니라, 송사리가 많이 줄어들었다. 어디서나 줄지어 놀았는데, 이젠 다리 밑의 그늘진 곳이나 바윗돌 아래 깊은 곳에만 조금씩 몰려있을 뿐이다.

실개천은 길게 뻗쳐 나갔다. 양편으로 길이 났는데, 한편은 산책길, 다른 한편은 자전거길과 발바닥길로 함께 쓰도록 만들어놓았다. 길이는 얼마나 될까? 한참 걷다가 몸에서 땀이 나면 발길을 돌려 집으로 돌아온다.

집에서 몸을 씻고 나면, 낮잠을 자고 싶다. 요즘 생긴 버릇이다. 나이 탓인가? 조금만 힘들어도 눕고 싶다. 그렇게 한두 시간 자고 나면 생기가 돌아온다. 그런데 오늘은 그놈의 송사리 생각이 잠을 쫓는다. 그들이 안쓰럽다. 작아도 살아있는 생명인데, 그걸 잡아먹으려고 날아든 새들이 얄밉고 괘씸하다. 하지만 모두가 잡아먹히는 건 아니리라. 그들이 아무리 작고 힘없다지만, 그중엔 기어코 살아남아 강으로 옮겨가서 혹은 붕어가 되고, 혹은 잉어가 되고, 혹은 동화 속의 주인공처럼 이름도 알 수 없는 대어(大魚)가 되어 제 몸의 껍질 벗고 승천할지 누가 알랴.

그게 사람의 경우라면 어떨까? 애초엔 부모를 잃었거나 혹은 어려운 환경 속에서 힘겨웠으나, 그래도 모진 세파 견디며 꿋꿋이 자라서 마침내 개천에서 용 나듯 높이 솟은 사람, 어딘들 없으랴.

산책길에 나섰다가 실개천에 사는 송사리를 보며, 나는 귀중한 교훈을 얻는다. 누구든 작다고 얕보거나 무시할 일이 아니다. 실개천의 물길이 한강에 이르듯이 송사리들도 여기가 시작일 뿐 끝이 아니다.

*2021. 6. 19. *창조문예 2021 9월호.

재능과 적성을 위하여

살기 어렵다고 야단이다. 더구나 미증유의 코로나 시대를 맞았으니, 오죽하랴. 어디 가나 붙잡을 지푸라기 하나 없다. 하지만 절망하지 말고, 자신을 다시금 살펴볼 일이다. 예전엔 몰랐던 능력을 발견할지도 모른다. 제 몸의 어딘가에 숨어 있는 재능, 그것이 능력이다.

나와 가까운 사람 중에 복음성가 가수가 있다. 그는 애초엔 국어 선생이었다. 그러나 문밖에 나갈 때면 항상 기타를 등에 메고 다녔다. 음악선생도 아닌 국어 선생이 기타를 등에 메고 다닌다면, 일단은 어울리지 않은 생뚱맞은 모습이다. 세상 물정을 모르는 것 같았다.

하지만 내 생각이 짧았다. 그는 어느새 성공한 가수가 되었다. 방송에서나 교회에서나 그의 노래는 흘러넘쳤고, 세상에서 모르는 사람이 없을 정도로 유명해졌다.

이른바 재능과 적성 때문이다. 사람에겐 누구든 저만이 지닌 천부적 재능이 있다. 천직이다. 하늘이 준 달란트다. 그를 깨달을 일이다. 한데도 그를 모르고 딴 길로 나서며 불평만 늘어놓는다.

20세기를 대표하는 화가인 피카소는 적성을 따라 아예 학교조차 그만두고 오로지 그림에만 매달렸다 한다. 재능이나 적성은 그만큼 중요하다. 안 될 것은 안 되는 게 세상의 이치지만, 될 것은 되는 것 또한 상식이다. 요즘 우리 주변에서도 전공과는 다르게 성공한 분들을 본다. 이를테면 법학을 공부하고 음악을 하거나 의학을 공부하고 배우가 된 분, 또는 미술을 공부하고서 작가가 된 분도 있다. 겉보기엔 엉뚱하지만, 실은 그게 아니다. 그들은 뒤늦게나마 재능과 적성을 찾은 현명한 분들이다.

한데도 딴 길로 나섰다가 주저앉은 사람이 얼마나 많은가. 일시적 기분이나 허영에 들뜨지 말고 제 몸이 지닌 재능, 그 타고난 소질을 찾을 일이다. "사람은 누구나 타고난 천직이 있다. 재능이 그것이다." 미국의 저명한 사상가인 R. W. 에머슨 목사의 말이다.

나의 천직은 문학이다. 그 길을 찾아 일찍 나섰지만, 끝이 보이지 않는다. 문학이란 인간의 삶을 탐구하는 학문이다. 인간의 선과 악을 구별하고, 인간이 인간답게 살도록 지혜를 가르친다. 그만큼 귀중하기에 그 길은 멀고 험하다. 가다가 혹은 지쳐 눕고, 더러는 당대를 넘어 미래를 꿈꾼다.

그리하여 완성된 작품은 세상을 비추는 빛이 된다. 셰익

스피어를 두고 영국인들은 인도와도 바꾸지 않겠다 했고, 호메로스의 '일리아드' 나 '오디세이아' 는 3천 년이 지났어도 바래지 않고 지금도 우리들의 서가에 꽂혀 있다.

하지만 나의 길은 아직도 아득하다. 평생을 걸었는데, 중도에도 못 이른 듯싶다. 그럴 때면 하나님의 말씀에 의지하며 용기를 얻는다.

"강하고 담대하라. 두려워 말라. 놀라지 말라. 네가 어디로 가든지 네 하나님 여호와가 너와 함께 하리라."(여호수아 1;1-7),

하나님이 여호수아에게 용기를 주신 것처럼 내게도 용기를 주신다.

"여호와는 나의 목자시니 부족함이 없으리로다."(시편;23)

나는 오늘도 다짐한다. 길이 멀어도 걱정하지 않으리라, 멈추거나 쉬지도 않으리라.

오직 하나님께 감사하며, 죽을 때까지 꿋꿋이 가리라.

*2021. 6. 23. *창조문예 2021 10월호.

어머니의 사랑

요즘 TV를 보면, 어린이의 '육아 프로'가 관심을 끈다. 까다롭고 말썽 많은 아이를 대상으로, 아이들의 그릇된 생각이나 비틀린 버릇을 고쳐주는 게 목적인 듯한데, 이를 담당한 마술사 같은 교수님이 존경스럽지만, 나 역시 예전엔 이 아이처럼 자라왔지 않나 싶으니, 내심 부끄럽고 창피하다. 그때 어머니는 얼마나 힘들었을까?

전쟁이 한창이던 때, 마침 흉년까지 겹쳐서 하루에 죽 한 끼도 못 먹던 시절, 배고프다고 떼쓰며 마당에 나와 뒹굴던 생각이 난다.

어머니의 마음은 얼마나 아팠을까? 그래선지 어머니는 동네 잔칫집에라도 다녀올 때면 으레 당신의 가슴팍에 떡이나 맛있는 음식을 숨겨왔다.

당신 몫의 음식이지만, 자식이 걱정되어 차마 못 드신 것이다. 어머니의 체온과 더불어 따뜻한 그 음식을 눈치없이 허겁지겁 먹던 일을 생각하면 눈물이 나고, 당신이 한없이 그립다.

어머니는 사랑의 화신이다. 어머니의 사랑은 끝이 없다. 자식을 위해서라면 아무리 주어도 아깝지 않고, 아무리 시달려도 고단치 않다. 어머니에겐 오직 자식밖에 없다. 당신의 피와 살로 만든 분신인 까닭일까? 어머니는 자식의 발자국도 보석보다 귀하다.

어머니는 희생과 고난의 표상이다. 자식이 어려운 일이나 힘든 일을 당하면 목숨 걸고 앞장선다.

자식 앞으로 바람이 불면 바람을 막는 울타리가 되고, 비가 내려면 비를 가리는 우산이 된다. 어떤 고난이나 희생도 주저하지 않는다.

어머니는 기도하는 성자다. 기도는 희망을 끌어오는 수레로만 믿었다. 어머니의 기도는 끝이 없었다. 늙어서 허리가 굽을 때까지. 문밖을 나서지 못할 때까지. 혹은 새벽에 교회에 나가 눈물 흘리며 기도하고, 혹은 부뚜막에 정화수 떠 놓고 조상님께 빈다.

내 어머니는 평생을 시골에서 농사만 지으며 사셨다. 농사란 돈벌이가 아니었는데도, 자식 앞에선 항상 주머니를 열었다.

용돈이 떨어졌다고 하면 용돈을 두둑이 주고, 큰돈이 필요하다고 하면 어디에 쓰려는지 묻지도 않고 선뜻 큰돈을 내놓았다.

돈이 모자라면 이웃집에서 빌려 왔다. 남들은 자식을 잘

못 기른다고 수군거렸지만, 내가 기실 잘못되지 않은 것은 어머니의 그 진실하고 지극한 사랑 때문이다.

내가 도시로 나가 공부하다가 명절 때 되어 밤늦게 집으로 돌아올 때면, 초저녁부터 마루에 나와 서성이다가, 자식이 마당에 들어서기도 전에 맨발로 뛰어나오며 "아이구, 내 새끼 이제 오는구나!" 반가워서 울먹이며 껴안아주시던 어머니.

하룻밤 묵고 다시 돌아올 때면, 대문 밖에 꼿꼿이 서서 자식이 뒷동산을 넘을 때까지 지켜보시던 어머니.

그리운 자식 떠나보내고 홀로 남은 당신은 얼마나 외로우실까? 어머니를 두고 온 불효자식은 서울에 다다를 때까지 내내 시름에 잠겼다.

언제였던가? 어머니를 서울에 모셨을 때, 시골 풍경에 젖은 당신의 모습이 너무도 정겨워서 이런 글을 썼다.

"시골서 올라오신 어머니는 그곳에 정든 때문인지 모두가 시골이다. 마음도 몸도 행동이나 차림새도, 그리고 걸음걸이까지도 시골이다, 오로지 시골이다. 마음은 항상 물이 졸졸 흐르고, 고목인 몸엔 순이 돋고, 행동이나 차림새도 텃밭의 채소처럼 수줍고 정갈하다. 산 넘어 온 바람이 힘겹게 지나는 밭이랑처럼 걸음걸이도 구불구불 이채롭다. 시골에서 평생 정들어 살면서 품었던 생각들이 다 옮겨와 있다……"

사랑이 깊은 사람은 나중에 별이 된다는데, 내 어머니는 저세상에서 어느 별이 되었을까?

그 별을 보고 싶다.

*2021. 6. 23. *창조문예 2021 11월호.

자연이다

•

지은이 / 김년균
펴낸이 / 김정희
펴낸곳 / **지구문학**

03140, 서울시 종로구 종로17길 12, 215호(뉴파고다 빌딩)
전화 / (02)764-9679
팩스 / (02)764-7082

등록 / 제1-A2301호(1998. 3. 19)

초판발행일 / 2021년 11월 1일

값 12,000원

E-mail/jigumunhak@hanmail.net

ISBN 979-11-91982-01-5 03810